Lv.6.5
弱角
友崎
同學
The Low Tier
"TOMOZAKI-ku
Level.6.5
屋久悠樹
Yuki Yaku Presents
Fly
Illustration
日本小學館正式授權繁體中文版

弱角友崎同學

The Low Tier Character
"TOMOZAKI-kun";
Level.6.5

屋久悠樹
Yuki Yaku Presents

Fly
Illustration Fly

角色介紹

友崎文也
高中二年級。弱角。

日南葵
高中二年級。學校的完美女主角。

七海深奈實
高中二年級。開心果。

夏林花火
高中二年級。小個子。

泉優鈴
高中二年級。很吃得開的女孩子。

菊池風香
高中二年級。喜歡看書。

水澤孝弘
高中二年級。志願當美容師。

中村修二
高中二年級。在班上是頭目的地位。

竹井
高中二年級。體格很好。

成田鶇
高中一年級。很多方面都很自由自在

紺野繪里香
高中二年級。班上的女王。

弱角友崎同學
The Low Tier Character
"TOMOZAKI-kun"

1

完美女主角的憂鬱

「很好。上升了……」

初夏，在某中學二年級生的教室裡。

日南葵一邊看著第一學期的期中考結果，一個人輕輕地點點頭。

上面寫的名次是「第三名」。她都還沒考到第一名過，不過比起一年級第三學期的期末考結果，她的名次向上提升六位。

從中學一年級第一學期的期中考開始，她的名次就沒有退步，雖然進步緩慢，還是有確實提升排名。

這些都是一點一滴腳踏實地努力換來的。而那些如今靜靜地變成成果，反映在現實上，讓日南葵有了確實的收穫。

這個時候同班同學松岡雪過來跟她說話。

「小日妳第幾名啊？」

被人稱作小日的日南葵在瞬間思考了一下，想著該怎麼回答這個問題才是最妥當的。應該要謙虛，還是要反過來炫耀，把這變成一個笑點？她之前都沒有考過這麼棒的成績。因此還無法判斷在這種情況下該如何對應才能生出最棒的結果。

日南葵想出好幾個對應模式，最後決定就先大方回應好了。

「鏘鏘──我考第三名！」

她故意誇張擺出自以為是的態度，將寫著考試成績的紙張秀在對方面前。

「咦──好強！是目前為止最棒的名次對吧？」

「嗯是最棒的！我真的超會～」

「喔～看來妳非常努力呢——」

「哎呀，這表示我很有天分。」

「少得意忘形！」

兩人聊得很愉快，這讓日南學會一件事情。

原來如此，當考到好成績的時候，擺出這種態度或許是一個正確的選擇。重點應該在於別要謙虛不謙虛的，要乾脆一點。這一年來日南逐漸學會越來越多的對話技巧，她把這次的手法加進那些對話技巧列表中。

「那雪呢——？」

這次換日南問問題。

「咦——我還是跟平常一樣，沒達到平均標準——考到第七十名。」

對方邊說邊拿成績單給日南看。這個時候日南猶豫了。她不經意順著對話的流向問了，但這種時候很難揀選出合適的回應。

都說出自己是第三名了，若是過度用奇怪的方式肯定第七十名，這樣看起來也怪怪的。但是排名又沒有低到可以用開別人玩笑的手法轉變成笑點帶過。除此之外，若是像剛才那樣賣弄自己的排名，用第二次會顯得很刻意，搞不好會惹人厭。

日南將呈現在眼前的資訊和自己所知的相互對照，想要摸索出適合當下的回應。

接著她得出的結論是——

「啊——這次數學比較難～」

她鎖定列在松岡那張成績單上的各個學科分數。其中就只有數學這一科的分數低於平均分數許多。

聽到日南這麼說，松岡大大地點頭。

「真的是耶！這次的平均分數也比較低一些，真的太難了。我完全搞不懂，就只有這個科目低於平均分數。」

「我懂！真的很無奈～」

日南跟對方一個鼻孔出氣，跟著點點頭。原本考試難度太高跟考不到平均分數以上根本是兩碼事，雖然日南也發現這點了，但與其去指出這個癥結，她更希望能夠讓對話變得圓滑。

「下次要多努力一點！葵，期末考的時候教我念書吧！」

「哈哈哈。到時候妳還有心再教妳。」

「嗚，感覺好像沒辦法堅持到那時。」

「看吧？」

日南讓自己掌握適度的主導權，對話流暢進行下去，而且有說有笑。

發現自己的技能日益精進，她感到滿足和放心。

＊＊＊

放學後，地點來到她參加的籃球社社團。日南獨自一人在想自己接下來該怎麼辦。

功課上已經做出某種程度的成果了。她並沒有因此滿足，若是今後繼續維持現在這樣的做法，日南甚至有自信可以在今年變成全學年第一名。

至於運動方面，在一年級的時候只有達到平均值，不過來到第二年的學年初，在體適能測驗上，她成功讓自己的成績擠進上面數來前兩成。接下來應該可以透過腳踏實地的努力寫下更棒的紀錄吧。

在籃球社這邊的活動也是一樣，雖然身體機能依然有不足之處，但是在投籃、運球、瞬間判斷等等的具體技能上，日南感覺到自己的水準已經超越所有的同年級學生了。

還有對人關係和外表、在集團中的地位開拓也不例外。

在一年級第一學期的時候，她的火候還不夠，因此願意接受自己就只有達到平均水準這檔事，然而如今來到第二年六月，她在班上的女孩子之中逐漸躍升領導地位。進一步說，在爭取到這樣的地位之前，她用過一些手段，那都可以重複使用，因此她篤定自己可以一直穩坐這個位子。

畢竟那些結果都只是透過單純的「反覆練習」得來。

「那麼接下來……」

換句話說，之前備妥的都只是「基本要件」。她並不是先去學只對特定場面立即生效的具體技能，而是選擇打下基礎，一直在鑽研基礎能力的部分。

結果讓她扶搖直上，在各方面都展現成果，也因此替她帶來自信心，甚至開始對周遭產生影響力。

那麼這個時候，就多了一個新的目標。或許需要找一個能夠讓自己更上一層樓的舞臺。

正當日南在盤算這些——碰巧就發生一件事情。

＊　＊　＊

「希望妳能夠跟我交往……」

放學後，在校舍後方。

日南葵被籃球社的學長告白了。

她有點驚訝。

當然她並非從來沒有被人告白過。在她開始一心一意瘋狂努力之後，來到中學一年級學期中的時候，不只是讀書和運動，就連在外貌上都有了天翻地覆的提升，因此會定期有男生來跟日南告白。

可是被學長告白還是第一次。

他叫做服部彰。是中學三年級的學生。男子籃球社的副社長。

幾乎每次比賽都有他，表現亮眼，在社團裡頭也很受人信賴。很多學妹都很喜歡他，也就是所謂的風雲人物。跟日南的關係雖然沒有好到私底下會一起出遊，可是籃球社之間的男女互動機會很多，因此兩人時常交談。

「這——……」

這個時候日南開始思考。

被人告白，說真的讓她很開心。能夠透過客觀的角度確認自己已經登上某種高度，具備相應的價值，而單純以一個人類的角度來說，她一方面也感到害羞。

可是說真的，眼下她並沒有在喜歡誰。光是要朝著自己定下的目標前進就已經耗費大半精力了，日南不希望自己追尋目標的時間被占用。

然而現在有一點令她介懷。

那就是要找到新的目標。要找到能夠讓自己更上一層樓的舞臺。

她隱約有種預感，認為自己將會需要這些。

而在這個時間點上，她長這麼大第一次碰到「學長跟自己告白」，很像是受到某些人的啟發，她認為現在應該要順著這個方向走。

這種順從命運安排的思考方式跟她的父母親有些雷同，雖然日南討厭這種無意識的自我催眠，但是按照邏輯進行合理思考，得到的結論似乎也一樣。

對學生而言，在讀書、社團活動、交朋友之後——接下來要談的恐怕就是戀愛。前面那三項，她已經有些眉目了，知道要怎樣攀上顛峰。那麼在這個時候選擇對戀愛出手也是很自然的吧。

反倒該這麼說，就因為她之前都有在提升自我，因此來到戀愛的關卡上，才能夠從「在社團很有人望的學長」這樣的角色開始攻略，那是在學校這個共同體之中地位很高的人物。而在這場遊戲之中，那八成算是很優渥的條件了。

那不妨先嘗試一次，到時再來為今後的事情做打算也不遲。

如果是現在的自己，應該有足夠的經驗和知識可以對這方面的事情做出精確判斷。

想到這邊，日南露出開心的微笑，同時開口。

「——好的！那麼請多指教！」

＊　＊　＊

這天兩人脫離平常待的群體，一起放學回家。

日南還在猶豫要不要將他們兩人的關係告訴大家，不過變成男朋友的服部卻一下子就跟男子籃球社的成員說了這件事情，當天大家就得知此事。

做這種事情在服部看來是「很有男人味的行為」，可是這樣一來將會讓人際關係發生變化，讓人懷疑這麼做是否真的合理。該如何界定眼下情況，日南難以判斷。

而事實上，在社團練習後，女子籃球社的社辦中，人人都在談論這個話題。

「妳跟服部學長開始交往了!?」

「嗯、嗯嗯。」

「這是怎麼一回事──!?事情是怎麼發生的!?」

「這個嘛──他發簡訊約我出去，跟我告白……」

「呀──!」

大家說話都變得好興奮、好激動。這讓日南學會一件事。

像這樣打造出所謂的「戀人」關係後，明明算是自己的私事，讓自己難以獨自掌控的場面卻會跟著一口氣暴增。

對於想要靠著一連串必然來突破關卡的日南而言，這種情況不是她樂見的。不過日南學到「戀愛就是這麼一回事」，此事讓她覺得更有價值。

這肯定是先前都沒有發現也沒有接觸過的世界，是嶄新的舞臺和關卡。這恐怕也是今後人生中一定會遇到的必修課題。提早窺知一二不算壞事吧。

「也是啦──畢竟葵這麼可愛。」

別人的這句話顯示她對日南有點嫉妒。

「沒、沒有啦……」

除了謙虛回應，日南不忘思考。

「可、可是……這還是我第一次交男朋友。」

「咦，是這樣啊？」

「嗯。真由有交過吧？」

「我想想，一年級的時候有稍微跟人交往過。」

「那我可以找妳商量嗎？」

「咦，嗯。可以呀！」

就這樣，日南巧妙帶動對話。她很容易變成大家羨慕的對象——「偶像學長的女朋友」。正因如此，日南才要展現弱點，讓人知道這是「第一次交男朋友」，在對人關係上故意將一部分的優勢轉讓出去。

而且特別強調曾經交過男朋友的人高人一等，藉著提出「希望找人商量」這點，讓對方更有面子，並且把日南當成自己人。

只不過基本上日南身上依然有個不可顛覆的前提存在，那就是她身為「跟偶像學長交往的同學」，在社團之中的地位並不會因此下滑。因為說了那句話，就不會出現天秤一面倒的情況，在劇烈的情況轉變中，對人關係開始出現鬆動，而那麼做可以加強穩定性。

這樣一來日南就不會引發女孩子嫉妒，保持絕妙的距離感，摘除惡意的種子。

這些對日南來說也是嶄新的學習，同時算是一道刺激的關卡。

＊　＊　＊

放學路上。

「抱歉喔——好像引發騷動了。」

「不會不會！我也沒想到事情會變成這樣。」

即便日南私底下想著「這是當然的吧，跟大家說那種事情，一定會演變成這樣啊。」但男生跟女生在戀愛敏銳度上恐怕感受不同吧。只見日南不慌不忙，體驗了所謂的「男女朋友」第一場對話。

日南不曉得是不是該改變對話內容，不要再跟之前聊的一樣，同時決定就先像平常那樣好了，開始試著跟對方閒聊。

「服部學長，期中考考得如何——？」

「嗯——算還好吧。不過現在比起學校的考試，我在想是不是更應該專心準備入學考。」

「啊，這麼說也對。」

看對方不會只看到眼前的目標，而會放眼更根本的中長期目標，這讓日南覺得很有魅力。因為比自己多活一年，看事情的觀點也會更加不同嗎？

「啊，話說回來。」

「請說？」

在這之後，服部看似害羞地抓抓脖子。

「就別用敬語了吧？還有不用叫我學長。」

「……啊——」

「我們好歹算是男女朋友。」

眼下空間只有他們兩人獨處。這距離不免令人難為情。

這個時候有人不經意說出「男女朋友」這個字眼，在讓人感到順理成章的同時，套用在涉世未深的少女日南身上，令她的心微微擺盪。

「……學長說的是。」

當日南說完，服部得意地挑起單邊眉毛。

「不對，妳馬上就用敬語了。」

「啊，真的耶。啊哈哈。」

「哈哈哈。」

氣氛頓時間緩和下來。因為告白的關係，兩人距離急遽縮短，原先有道透明的牆擋在他們之間，就在那一刻碎裂了。初夏的風變得有點溫暖，同時撫上他們二人的臉頰。

「那就叫你彰同學？」

「也好，剛開始這樣叫也行。」

服部這麼說似乎語帶雙關。

「什麼啊。比較想要我直接叫學長您的名字嗎？」

「啊，又是敬語。」

這讓服部笑著調侃日南。然而他的眼睛卻害羞地面向前方，這是他在故作鎮定，日南一下子就發現了。

「嗯……」

她悄悄由下往上看著服部的臉，半是強迫對方跟自己對上眼。

「——彰比較想要我直接叫你的名字？」

說話的語氣成熟到不像中學生會有的，很像一個小惡魔會說的。對方突如其來的一句話正中要害，讓服部的臉跟著變紅，腳步也不禁加快了。

日南有個想法。像這樣的戀人互動，在今後的女性生涯中也算是一大重點。

「什、什麼？在亂講什麼。」

「啊——你害羞了吧？」

「我哪有在害羞。」

「等等我嘛。彰～」

「妳還真讓人火大。」

「咦——為什麼？」

像這樣，兩人又有了一段很像男女朋友才會有的對話，對日南而言是嶄新的學習。讓她不禁感到認同，覺得自己願意來段這樣的經歷果然是好事。

＊　＊　＊

隔天午休時間。

發生了在日南意料之外的事情。

在校舍後方。

「給我說清楚。為什麼日南在跟服部交往？」

「這……」

女子籃球社的學姊們把日南叫出來。

對手是三個三年級的女生，而日南只有自己一人。換句話說，情勢對她很不利。

要操作這種封閉空間中的氛圍來逃過一劫，對於還是中學二年級、尚在學習中的她來說幾乎是不可能的任務。

「妳難道不曉得杏菜喜歡服部？」

「這件事……我不清楚。」

「杏菜妳別哭。還好吧？」

「衛生紙給妳。」

同樣是三年級生的須藤麻美子和日野佐由美正在安慰籃球社社員兼三年級生的望月杏菜。日南就好像加害者一樣，她拚命觀察眼下狀況，做出分析。

「嗯我沒事……抱歉。」

望月低著頭，接下日野拿給她的面紙。

看到這一幕，須藤一臉不爽地逼近日南。

「妳知道嗎？杏菜早在一年多前就開始喜歡服部。怎麼會被妳這個學妹搶走？這樣說不過去吧？」

「這個……」

用這種方式質問別人未免太蠻橫了。而她們本人應該也隱約知道這樣不講道理吧。

因此她們才會靠著人多勢眾欺負人。打造出三對一這種不公平的情況，用多數決的方式讓日南無法回嘴。讓對方沒機會辯駁。

「……對不起。」

緊接著，日南道歉了。

明明是對方先跟我告白。

我不知道杏菜學姊喜歡服部學長。

而且你們又沒有在交往，我根本不用管這個。

要找話反駁多得是，恐怕日南才是站在理字上。然而處在這種情況下，將那些說出口反而不是正確的選擇。

因此她只能道歉。

「道歉有什麼用。」

須藤面無表情回嗆。

「妳難道聽不出來，這是要妳給個交代？」

「……這……」

要我給個交代？這是什麼意思。

稍微想了一下，日南這才察覺須藤她們說那句話是什麼意思。

接著打從心底對她們感到失望。

她要自己忍住，沒有將差點吐出口的嘆息吐出，重新換上乖巧的表情。

這些人是在對我說——跟他分手吧。

日南最討厭這種人。

反映在現實中的情形往往都是最忠實的。

若是反映出來的現況事與願違，那背後一定有什麼原因，才會促使這樣的情況出現。

為什麼要把責任都推給別人，試圖否定現況。

當然運氣和巧合也是造就結果的因素之一。有的時候甚至不是人為操作就可以改變的，而引發事與願違的現實反應，其原因和責任不一定都出在自己身上。

但即便如此。

有件事情還是能夠靠自己的力量改變，那就是努力改變自我，她們卻完全放棄去做這樣的努力。

仗著人多勢眾去欺壓年紀比自己小的人，甚至逼對方接受她們的歪理，為的就是「把對手踢掉」。

用這種方式去實現心願，未免太骯髒，也太醜陋。

如今日南就快要慘遭這樣的對手蹂躪，除了對此感到懊惱——她還是選擇隱忍。

這是因為自己如今已陷入如此低俗的境地，造就這樣的「現實」，原因也出在她的行動上。

因此她並不想將這些都歸咎於命運不公，讓自己變成悲劇的女主角。

那麼自己該做的就是集結自身擁有的力量，從這邊逃脫。

日南開始去回想自己體驗過的所有經歷，和自己擁有的一切技能。

「……妳們是要我好好負起這個責任對吧。」

「沒錯。」

只見須藤點點頭。大概是感受到對方已經明白她們的意思了，那三個人之間的氣氛稍微緩和下來。日南趁機在腦海中整理這三個人於社團內的地位。

須藤麻美子、日野佐由美、望月杏菜。

這三人在女子籃球社三年級的社員中，以校園階級來看大概處於中上位置。至少可以確定並非像是領袖一般的存在，足以去喝令三年級生，對最頂端的那些人唯唯諾諾，性格上又不是很陰沉，所以不算是下流階層的人。給人的感覺大概是這樣。

至於打籃球的實力，大概算是中上等級吧。最近沒有直接跟她們對決，所以不清楚，但恐怕那三個人比起現在的自己，還是差一步。

不久之後將會舉辦新人比賽，接著社團內部就會選出正規球員，然後展開真正的大賽。恐怕到那個時候，靠她們自己個人的實力是遠遠比不過日南的。而那三個人肯定也隱約察覺這點了。

屆時將會出現的情況是「實力比不上二年級生，這幾個三年級生的正規球員寶座不保」。

如今她們正像這樣刻意掩人耳目把日南叫出來，再把她們於社團內的地位考量進去。按照日南的經驗來看，在這種節骨眼上，對方會對「地位下滑」這件事情很敏感。有別於很有餘裕的階級領袖，她們通常會非常在意周遭的眼光。

換句話說，現在可以拿來講的話是——

恐懼幾乎要讓日南的雙脣發顫，她克制住了，靜靜地出聲。

「……在我讀二年級的時候，都不會說自己要參加比賽。」

日南專心觀察那三個人的表情。

這個提議八成不是她們最想聽到的「負責方式」。但對她們來說應該也是個不錯的提議才對。

就不曉得這句話她們聽了會作何感想。

「……哦。」

須藤用眼神去窺探日野的反應。緊接著日野先是猶豫了一下，最後終於點頭。

「好吧，妳要用這種方式收拾爛攤子也行。」

聽到日野那麼說，須藤跟著點點頭。

「……也好。」

這下須藤跟日野似乎不想再繼續追究，她們閉嘴了，表情也沒那麼凶狠。當然，若是因此表現出放心的樣子，那就等同承認「實力比不上學妹」，因此在形式上還是保留最低限度的凶狠神色。

「好的。非常抱歉。」

對這樣的情況感到心安之餘，日南只能再一次鄭重道歉，用的語氣像是要替這段談判畫下句點。看起來好像是她居於下風，但其實情況發展都在日南的掌控之中，當然除了日南，其他人都沒發現這點，現場氛圍逐漸恢復正常。

「等等。這算什麼？」

然而就在這個時候，有人跳進來表態，是剛才被那兩個人安慰的望月杏菜。

「……請說。」

日南盡量用真摯的態度回應。眼看這場鬧劇就要落幕，可不能再添亂。

只見望月老大不爽地瞪視日南。

「妳以為比賽是隨隨便便就可以參加的嗎？不過是個二年級的。」

這讓日南心想「糟糕了」。

在這三個三年級生之中，望月打籃球的實力是最強的。就算日南真的被選為正規選手好了，在剩下的名額中最有可能入選的就是這位望月。

須藤和日野原本就沒什麼機會當上正規選手。礙於虛榮心才會接受日南的提議，那樣大家就不會覺得「她們幾個不如二年級生」。

可是就這點而言，即便日南能夠當上正規選手，望月也大可讓自己被選上，那樣接不接受提議都無所謂。也因為這樣，她才一下子聽出日南以「自己是二年級生卻能夠參加大賽」為前提說出這個提議，在在表現日南很看得起自己。

「這……」

日南換個角度思考。

這種時候需要的果然還是找個名目「給交代」。

話雖如此，若是做出的提議一百八十度大轉彎，會讓人覺得自己急於脫困。

那麼她只要調整前提，來好好的「給個交代」就行了。

「不是這樣的……因為在跟學長交往了，總是要避嫌吧。」

「……對。」

這讓望月微微地點了點頭。

「所以在跟他交往的時候，我不能參加比賽，否則就太卑鄙了。所以我必須負起責任那麼做。」

換個角度，日南再次將自己的提議拿出。最重要的果然還是「形式上的藉口」。實際上會不會出現護短的行為並不重要。只要能夠抹除她剛才給人自以為是的觀感，其他都不重要了。

「……好吧，這樣說是有點道理。」

看起來本是接受了，但望月那說話的方式似乎還有些疑慮。

八成是因為沒有實現原本的願望使然。儘管日南答應說會「給個交代」，這個提議對望月來說還是沒有太大的好處。

為了清除她的疑慮，日南更進一步。

「是的。這次我這麼任意妄為，真的很抱歉。」

除了用清楚的語氣說了這句話，日南還用截至目前為止最大的角度低頭一鞠躬。

面對對手為數眾多的氛圍爭奪戰，這樣淺顯易懂的表達方式是最有效的。透過這一系列的實踐，日南逐漸學會這點。

須藤和日野互看彼此，互相做個確認後點點頭。

「好吧……那就這麼說定了。」

「……也可。」

須藤和日野再一次對著彼此點頭。

對這兩個人來說，日南的提議會帶來莫大好處。

看在她們眼裡，日南肯定不只是一個正規球員有力候補，還是一個醒目的存在。若是接受她的提議，那至少在她們畢業之前，在競技面都能夠壓制日南。

也就是說，這樣的「交代」方式已經很能讓那兩個人接受了。

就在這個瞬間，日南成功在檯面下打造出另一個層次的「三對一」。

「那杏菜，這樣妳應該也能接受吧？」

「……好吧。」

被自己人須藤催促，就算望月不太能接受，依然只能應允。雖然最希望達成的目的沒能達到，但是直接去要求學妹「跟對方分手」未免太難看。她早就別無選擇了。

看到杏菜接受後，須藤再次形式上用惡狠狠的目光看了日南一眼。

「那妳可以走了。」

「……好的。不好意思。」

最後再一次跟對方鞠躬後，日南轉身從那三人身旁離開。

接著從正門進入校舍，拿出室內鞋，走向教室。

她打從心底感到厭惡。

我什麼錯事都沒做。

只是一直很努力。

而努力的收穫就是得到的比別人還要多。

過去自己在自己身上投資的時間和勞力，如今正一點一滴回饋到自己身上，就只是這樣罷了。

然而什麼都沒做的人卻嫉妒自己，來扯她的後腿。

覺得這樣自己就能得到些什麼，用那種邏輯來說服自己。

真無聊。無聊透頂。

就算那麼做也只是能夠妨礙他人，本身的價值並沒有任何提升。

這讓日南有了新的決意。

我絕對不要變成那樣。

若是遇到比自己還要厲害的人，我就要去認可他，向他學習。或是直接去跟他請益。

如果對方擁有自己想要的東西，那自己就要變得比他更厲害，再把那樣東西搶過來。

畢竟對自己來說，真正重要的——並不是讓人從雲端跌落谷底。

而是一心一意、苦幹實幹。

靠自己的力量一路往上爬，就是這樣。

「嗯……鬼正。」

待在沒有人煙的走廊上，日南正在小聲自言自語，這一刻她的表情顯得有點孩子氣。

＊　＊　＊

「吶，葵。」

「嗯？」

事發之後幾個星期過去。

日南的生活再度恢復平靜，不管是讀書還是社團活動——乃至於戀愛，全都進展順利。

而就在今天。放學後的回家路上。

日南的男朋友服部對她這麼說。

「今天要不要來我家？」

「……這……」

這就連日南都感到有點困惑。一方面是她在斟酌，透過一如既往的合理思考去判斷該不該那麼做，同時一方面也是單純感到猶豫。

「今天我爸媽他們會比較晚回來。」

「……這樣啊。」

這句話讓日南的心臟又跳了一下。

他們兩個人還是中學生。會趁父母親不在、找女朋友過去他家，這表示雖然沒有明白說出兩人可能會做出超越最後一道防線的行為，卻給人很強烈的預感，感覺有什麼事情會發生。

目前的自己有那個能耐承受嗎？關於這方面，日南還沒有十足的自信。

「該怎麼辦呢……」

「我也有一些事情想跟妳說。」

服部那句話是用毅然決然的態度說的。日南心中依然有迷惘。然而趁這次累積經驗值或許能夠在往後派上用場，這也是事實。

因此日南吸了一口氣，接著這麼回答。

「──我知道了。」

如今他們兩個來到服部的房間。

裡頭只有書桌和床鋪，另外就是幾個彩色的置物櫃，看起來很殺風景。但是那邊放著一顆籃球，感覺滿有籃球社副社長服部的風格。

靠在床的邊緣，屁股直接坐在鋪著坐墊的地板上，兩人就這樣並肩坐著。服部似乎還沒有勇氣直接坐在床上，這讓日南有點放心。

「……那個。」

「嗯？」

服部說話的聲音聽起來很緊張，日南則是用自然的語氣對應。這情景形成對比，但其實日南並非完全不緊張，可以說她只是比較會隱藏罷了。

「今天正式球員的選拔結果出爐了吧。」

「對，嗯。是那樣沒錯。」

沒錯。今天公布三年級生最後一場大賽——夏季大賽的球員選拔結果。上頭並沒有日南的名字。

「我還以為葵一定會被選上。」

「……這樣啊？嗯——那也是沒辦法的事情。」

她當然不會被選上。因為日南已經在事前偷偷跟顧問說自己今年不打算參加比賽。

「也是啦——可惡。還以為能夠兩邊都當情侶，在球場上也是一對。」

「啊哈哈，什麼啦。」

「咦——這樣不是很猛嗎？身為副社長又是正式球員的我，跟只是二年級生卻贏得球員資格的葵在場上變成一對。」

「啊——好像是喔？」

日南帶著苦笑回應。

「葵……有件事情想問妳。」

「嗯？」

只見服部拿起放在一旁的籃球，說話聲音比剛才略為低沉一些。

「妳應該不會退社吧？」

「……咦。」

這句話讓日南大吃一驚。

「我有聽說了，某些人好像有點吃味。」

服部將籃球「砰砰」地往上丟，然後接住，在這過程中裝作若無其事說了那麼一句話。

不過就在這一刻，日南感受到有別於合理損益的充足感。

明明對的是自己卻被人以多欺少，就算什麼都沒說，還是有人察覺衍生出來的結果是因此受扭曲的。

「嗯——是有一點。」

日南回答得很含糊，不過大致上承認有那麼一回事，服部將拿在手裡擺弄的籃球輕輕放到地板上，接著發出嘆息。

「果然是真的……」

「啊哈哈，其實也沒什麼大礙啦。」

這話說得開朗。照剛才對話的流向來看，他說的「有些來自上頭的嫉妒」，指的是在嫉妒只是二年級生卻打算成為正取球員的日南，應該沒發現那些人其實是在嫉妒跟他交往的日南吧。

不過能夠跟人分享一部分的真相，日南還是感到有些欣喜。

「吶，葵。」

這時服部的臉突然面向日南。

「嗯？怎麼了，彰。」

日南也轉頭面向他。

兩人四目相對。這個空間除了他們就沒有別人了，飄蕩著令人坐立難安的氣息。

服部的手原本輕輕放在她的肩膀上，這時改為碰觸日南柔軟的臉頰。

「可以吻妳嗎？」

半點調情的意味都沒有，要中學三年級的服部說出這種話，已經是盡了他最大的努力了，但這足以讓年紀比他更小的日南失去從容。

「嗯……」

日南不知道該如何回應才好，開始在心中做衡量，自問自答。

老實說，男女朋友和接吻這些事情本身，在她看來並沒有太大的價值。問題在於為自己今後能夠累積的經驗做考量，是不是該在此做這檔事——還有排除這些理性思考，自己的感情正在發酵，並對此感到困惑。

因為能夠理智思考，因此不需要去管感情，這樣的思考方式反而更不合理。就是因為人類擁有情感，若是想要追求最大限度的合理性，那就必須將這些情感也當成理性思考的一部分，持續併入計算。

像這種時候。

目前自己感受到未曾有過的困惑和動搖。去無視這些，只去看「行為有多沒意義」反而是不合邏輯的思考方式。

那麼自己怎麼會在這個時候對這個男人要親吻自己的事感到迷惘？

理由在於——正在想理由是什麼的時候，服部的臉動了。

他的嘴脣逼近。兩人之間的距離近到沒辦法讓日南進行理性思考。

下一瞬間。

日南腦海中閃過剛才服部提到的某句話。

「……暫停。不行喔。」

只見日南帶著成熟的笑容，用手指按住服部那正要逼近的嘴脣。

服部的心跳、緊張和興奮之情都來到最高點，被人半路攔截讓他悵然若失。

「為、為什麼……」

「這個嘛——」

為了告訴服部理由——應該說是為了讓自己找出採取行動的動機，日南要爭取讓自己思考的時間。

現在自己為什麼會拒絕。動機是什麼。

剛才在日南腦海中閃過的是某句話，就是服部不久前說的那句。

『這樣不是很猛嗎？身為副社長又是正式球員的我，跟只是二年級生卻贏得球員資格的葵在場上變成一對。』

聽到這句話的時候，日南覺得服部真是膚淺到不行。

自己都當上正取球員了，而且還是副社長，光靠這些依然無法擔保自己的價值，還要把女朋友也就是她身上的價值一起加進去，這是弱者才會有的想法。不是靠個人，而是想要男女朋友兩人一起創造價值，這樣未免太依賴人。當然他說那種話並沒有想這麼多吧。從那句話可以看出他自己也會好好努力，來創造價值和拿出成績，會在某種程度上自立。

但如果是日南，她會覺得說出這種話就像是放棄靠自身力量證明什麼才是正確的，絕對不會說出口。

服部還只是中學三年級的學生，要求這樣的他像日南那樣去追求極端的強大，和可以說是過分潔癖的正確性，那樣未免太強人所難，但至少日南在內心的某個角落有著這樣的期許。

即便未來的某一天他能夠變得像這般強大。對現在的日南而言，他仍舊是很弱小的存在。

因此日南看著服部的雙眼，露出魅惑的笑容並緩緩開口。

「——看樣子還太早。」

＊　＊　＊

「然後啊，那個時候昂輝就……」

「是喔——！這樣太狡猾了吧？」

這是兩人獨處的空間。剛才那種妖豔蕩漾的氛圍已經沒了，就像平常走在放學回家路上和待在社辦一樣，場面搖身一變，只剩下輕鬆愉快又開朗的對話。

「等等!?妳未免太強了吧!?」

「看樣子你練習得還不夠呢。」

兩人相處到一半開始玩起對戰型的格鬥遊戲，日南將服部修理得慘兮兮，這也可以說是很有她的風格吧。

緊接著時光流逝，來到晚上八點。

一則LINE訊息替他們的兩人時光畫下休止符。

「啊……我爸媽他們說快要回來了。」

「是這樣啊？那我也差不多該回去了。」

「……也對。」

服部看起來不是很盡興，一直望著日南。他好歹是個中學三年級的學生，在這時期會開始對女性萌生性方面的好奇心。

「……怎麼了？」

「噢，沒什麼。」

服部找話來搪塞。畢竟都被拒絕了，他已經沒有多餘的力氣和氣魄去進一步索求。

不過有件事情，他想確認一下。

「葵妳……」

「嗯？」

就只是出於好奇心，不管對方如何回應都沒能改變現狀。

但服部就是很在意，在意得不得了。

「葵過去有跟人接吻的經驗嗎？」

一段沉默籠罩。

日南眨眨眼，同時一直望著他，稍微想了一下。

接著突然露出有點魅惑的笑容，慢慢開口。

「有啊？——不管是接吻，還是之後的行為。」

＊　＊　＊

之後幾個禮拜過去。兩人分手了。

是日南主動提出的。

背後並沒有什麼天大的理由。

硬要說的話就是她想要磨練自我，想要朝著自己的目標挺進。不認為跟他相處的時間之於自己是必要的，八成是這麼一回事吧。

假設有某類型的男朋友對她來說是必要的話，那這個人或許會跟她看著一樣的目標，彼此進行良性競爭，就像戰友一樣。

至少可以確定她不需要跟人同心協力，將兩人的價值加總在一起。

跟他相處幾個月之後，日南窺知戀愛的部分樣貌。

當然日南並不認為自己已經掌握全貌了，但她是能夠舉一反三的類型。

看感情是如何作用，關係是如何變化。能夠從這些要素來推敲總體構造，悟出其中的根本基礎。換句話說，她已經看出一個道理，不管再怎麼變化都不會脫離這套基礎架構。

然後將過去曾經體驗過的某些經驗跟服部放在一起衡量，日南得出一個結論，認為自己並不需要服部。

兩個人都沒錯。

單純只是人跟人的特性有出入罷了。就只是這樣。

「──好。」

之後經過幾天。日南看著一張小紙條，輕輕將手握成拳頭。

這張紙條寫著二年級第一學期的期末考結果。

上面記載的結果是──「第一名」。

靠著自己的努力，她首次獲得「第一名」的殊榮。

「嗯。這樣才對。」

她一一證明了。證明自己的行動是對的，證明努力是有價值的。

一點一滴累積將會彰顯在成果上，這是無可撼動的現實。

這樣就沒問題了。我能夠證明自己。

名為「正確選擇」的甜美蜜汁填滿了日南心中的空虛。

但若是要滿足她的心靈，光靠這些可是連最低限度都達不到。

「接下來——」

之後日南就停不下來了。

就連去達成原本訂好的目標都變得只像是在踩墊腳石一樣，飛也似地跨越，不斷向前、不斷前進。

那並不是插上翅膀飛翔。

而是只有用自己的手腳走著，腳踏實地到天荒地老、單純到可笑的地步。

從這個時候開始，不僅是在同年級之間，日南甚至變成校園內的大名人。

原因包括她「甩掉」服部。

還有終於考到全學年第一名。

以及她的美貌加速進化。

若是要列舉其他的細節要素，恐怕說不完吧。

日南的溝通能力高到嚇人。許多人都對她抱持好感，感到尊敬。

透過自己磨練出來的能力走上菁英之路，眾人打造出來的環境彷彿只是在為她鋪路，成為她的助力。而她藉著一路累積起來的實力和成果，博取到令人畏懼的高人氣。

只要這把火曾經點燃，之後要再度點起就不是什麼難事。嫉妒日南那身熱度的人紛紛跳出來，希望看到她失敗，但這反倒證明她是完美無瑕的。

最起碼她完美到區區中學生無法扯後腿的地步。

在學力測驗上從來不曾退步，一直維持在全學年第一名，在三年級的體適能測驗上，她終於變成女生之中的第一名。

有好幾個人來跟她告白，被她陸續擊沉。

對她來說這些男生只是想當「日南葵的男朋友」，只想藉助別人來提升自己的價值，都是一些弱者。

當她連男子籃球社的「社長」都敢甩掉，幾乎就成為一個傳說了。

日南甩掉別人的方式是如此極端，人們對她的批評也逐漸減少。

正所謂棒打出頭鳥，但高人一等就不會被打壓。像在體現這句格言，日南穩坐完美女主角的寶座。

過一陣子後，在低年級生之間甚至開始出現她的粉絲俱樂部，和她的死忠追隨者。

這些低年級的跟屁蟲曾經問過日南一個問題。

「日南學姊，您會想要跟什麼樣的人交往？」

那些都是對日南投以憧憬目光的學妹。

她們提出的問題很單純，就像思春期少女會有的。

「嗯——……」

日南原本在尋找適合完美女主角身分、能夠炒熱現場氣氛的回應，但一不小心就針對這個問題認真想了一會兒。

自己會想要跟什麼樣的人交往。

感覺就連她自己都不是很清楚答案。

但起碼她很清楚會不想讓自己跟對方交往的條件只有一個。

——那就是想要透過他人來突顯自己的價值。

就只有這一樣。

那麼反過來說，自己碰到什麼樣的人會想跟他交往？

沉默了一小段時間後——她想到一個籠統的答案。

雖然這算不上是唯一解答，但那個條件很單純，就連自己也滿能認同的。

為了炒熱現場氣氛，她刻意裝出戲謔的口吻，慢條斯理地說著。

「——若是這個男人沒辦法超越我成為第一，大概就當不了我的男朋友吧？」

時隔一年。

她在命運的安排下邂逅了「那個知名遊戲」。

2

某天買東西的路上

第二學期初。我跟日南一起來到位在大宮東口「BOOKOFF」的二手衣賣場。
「那麼，接下來要來考試。」
「知、知道了……」
我怕怕地點點頭。
這天假日，我在遊樂中心偶然遇到日南，又在日南還沒將功夫鍛鍊到家的遊戲中將她打得體無完膚，才會被她以臨時訓練之名報仇。真是太蠻橫了。
「只要我從這之中挑出適合冬天穿的組合就行了吧……」
「對。在這邊就沒辦法買展示用模特兒身上穿的服裝了。」
「的確是……」
「照理說你應該已經會搭了才對。」
接下來要接受關於服裝品味的小考。我之前都用自己打工賺來的薪水去買假日穿的衣服。多虧日南教我密技「直接買假人身上搭好的衣服」，讓我各自買了三套很有夏天氣息的衣服，以及可以在春天和秋天穿的服裝。
根據日南所說，買了這麼多之後，將那些穿過好幾次，自己照理說也會懂得如何搭配才算「還過得去」。
「前提是你不只會買假人身上穿的衣服，還會依此類推去觀察他人，然後自己去思考。」
「我是自認有在做這方面的訓練啦。」

日南一直跟在我背後監視我選了哪些衣服，我們在店裡頭走來走去。說到冬裝，跟之前買的那些相比，不同處應該就是要挑比較暖和的上衣吧。

「褲子……褲裝可不可以直接搭配我手邊現有的？」

「可以是可以。你打算用哪一件來搭？」

「那就挑我現在穿的這件如何。」

現在我穿的是又黑又細的褲子……鉛筆褲。

「就是這件又黑又細的鉛筆褲。」

「嗯，是黑色修身褲，然後再配上黑色的皮鞋。」

「黑色修身褲……」

我像個小孩子一樣，重複對方的話。虧我都沒講褲子，還特地說鉛筆褲了。

「那前提就是穿這條褲子，你去選出搭配的 tops 吧。」

「Tops……是上半身在穿的衣服嗎？就是說只要買溫暖的外套，還有穿在裡面的衣服就行了吧。」

「就是 outer 跟 inner。」

「outer 跟 inner……」

我一邊聽著日南跟我說一堆英文字，一邊在店內走來走去。

「啊，這個。」

接著我第一眼看到的是一件灰色大衣，長度很長。

「這件看起來很長的大衣如何？」

「這件查斯特大衣還不錯。」

「查斯特大衣……」

「Oversize 是現在的流行趨勢，讓人難以拿捏的就是大小了。」

「Oversize……流行趨勢……」

「你是不是該努力去記一下流行用語？」

雖然對方罵人的點已經偏離主題，但是她有掛保證說這件大衣還不賴，也算是不幸中的大幸吧。我這個人很樂觀。

「好，那接下來是穿在裡面的衣服……」

「那叫 inner。」日南邊說邊用手阻擋我行進。「但是在這之前有個問題。那就是你為什麼選了這件大衣？」

「咦。」

這個時候突然有人出申論題抽考。感覺若是沒有給出完全正確的答案，日南老師也不會給我部分分數，因此我必須卯起來作答才行。

「呃——首先，之前我買假人身上穿的衣服，常常看到有套這種大衣，而且幾乎都是黑色白色或灰色……屬於單色系。」

黑色褲子……修身褲配鞋子，白色襯衫或T恤配鞋子，不然就是灰色襯衫、連帽上衣、針織衫。像這種單色系的搭配特別多，因此我認為先穿這種單色系服飾應該就不至於錯得太離譜了。

於是我將這些想法說給日南聽。

「這樣想還不賴。但為什麼會從這之中挑出灰色的？」

「喔，這是因為……」

之所以會選灰色的理由。首先來看素色的大衣，一般情況下沒什麼人會穿白色的大衣，這點就連我都有概念。因為很容易讓人覺得那是上舞臺表演在穿的，或是在玩角色扮演。因此就變成黑色跟灰色二選一，但這個時候我會選灰色的理由在於——

「感覺應該是……憑直覺？」

「……哦。」

面對申論題，我給的顯然是最爛的答案，但不知為何日南反倒滿意地瞇起眼睛。咦，怎麼了。緊接著她微微笑了一下，然後開口。

「這是不錯的傾向。」

「是、是這樣嗎？」

只見日南說了一句「對」並點點頭。

「這就表示你已經『不知不覺間培養出品味』。」

「……喔喔！」

真的假的。我是有聽說過買著買著穿著穿著，在思考搭配的過程中就會自然而然培養出品味，但沒想到我已經開始有品味了。

「只不過，『因為下半身的褲子是黑色修身褲，上面也穿黑色的好像不是很好搭。』『在素色的單品中，灰色大部分都是做成連帽外套或針織衫，共同點都是披在上衣外面的罩衫居多，因此應該也能運用在同為外披的大衣上。』我是希望你起碼能夠說出這樣的論調啦。畢竟你是nanashi。」

「這樣難度未免也太高了吧？」

嘴巴上這麼說，還是不由得對日南那份論調感到非常認同，同時覺得佩服。這麼說來，之前買假人身上穿的衣服時，很少看到上半身跟下半身都是黑色的，說起灰色也大部分都是套在外面的上衣……tops。

「但妳說的好像沒錯。或許我會下意識避免上半身跟下半身都配黑色的。」

「對吧？那我就來教你一個輕鬆好上手的單品穿搭術吧。」

「單品穿搭術？」

「假如你這次選黑色的來搭配，運用這種技巧就能夠更顯出色。」

「原來。」

聽起來好像很實用。

「這次不方便去選黑色的理由。其實就是『上半身跟下半身都會變得一身黑』對吧？」

「沒錯。」

從宅男的觀點來看，黑色感覺很冷酷，穿起來會酷酷的，但是之前買假人身上的搭配組合時，都沒看過這樣的搭法，因此要靠我好不容易才培養出來的品味做判斷，感覺也不太容易。

「那麼下半身還是穿那件黑色褲子，卻要套上黑色的大衣，你認為該如何改善？」

「我想想看。」

稍微想了一會兒後，我立刻給出答案。

「應該是去改變內層衣物的顏色。」

「那叫做 inner。」

「Inner……」

「這是今天第三次喔。」

除了對我發怒，日南還嘆了一口氣。

「順便告訴你，這個答案是錯的。」

「咦！」

我好驚訝。因為就算大衣跟褲子……修身褲換成黑色的，只要改變內搭服的顏色，應該還是能避免一身黑才對。搞不好還有其他更好的答案也說不定，但這個照理說算得上是正確的答案才對。

「為什麼，這樣不是已經改變顏色了嗎？」

這讓日南又發出一聲嘆息。

「對，是沒錯。」

接著日南敲敲胸口。

「——只有從前面看才是。」

「啊……」

這時我才發現。

確實是那樣，如果改變大衣底下衣著的色彩，從前面看就不會是一身黑。

可是從後面看卻是黑漆漆一片。

「所謂的穿衣服，不是只有自己站在鏡子前面看到的那樣。還要去考量從側面看、從後面看的顏色，以及整體形狀的均衡性，這樣才叫做合格的穿搭。」

「原來如此……」

我一下子就被人說服了。之前我對穿衣服一點興趣都沒有，這是我看不到的觀點。

舉例來說，若是穿上黑色的修身褲，搭配黑色大衣，然後裡面穿白色的衣物。去想像從前面看到的狀態，會覺得這樣搭配還不賴。可是從後面看就完全是黑色的了。

「全部都是黑色並不壞。不過，就連算是白紙一張的新手都能輕鬆上手——搭配起來並沒有像這句話形容的這麼容易。」

「原來是這樣啊……」

聽她這麼說，我總算明白剛才自己的答案為什麼不正確了。

「因此才需要小技巧。有個方法能夠輕鬆在這一點上讓自己有別於一般人。」

「喔喔。」

我懷抱期待等著日南繼續把話說完，結果她笑了一下，同時開口。

「那就是——利用襪子來做出色差。」

「襪子？」

這句話讓我有聽沒有懂。

因為襪子基本上看不太到，它反而就像是內衣一樣，實用性更重要吧？

「難道說……你還沒感覺到襪子也是時裝搭配的一環？」

對方是用很輕蔑的表情問我的，我也只能老實回答。

「……還沒有。」

「唉……」

日南再次發出大大的嘆息。這是怎樣，我就還沒學會啊。在學校裡沒意識到這點，面對日南也是。

「好吧也對，畢竟你在不久之前還是穿著父母親買給你的衣服，或許這對你來說還太早……是我不該抱持期待，抱歉。」

「我、我也很抱歉……」

被人說抱歉，我反倒覺得心虛起來。日南的攻擊招數又變多了。

「那我們回歸正題。」

「喔、喔喔。」

盡情傷害別人的小小心靈後，日南說她要回歸正題。感覺她臉上的表情看起來很開心，這應該不是我想太多。

「如果上半身跟下半身都要穿黑的，那就穿別的顏色的襪子，看是要把褲子捲起來，還是穿九分褲，再讓襪子露出來。這樣就能輕鬆調整色彩的平衡性。」

「……原來如此。」

說襪子是服裝搭配的一部分，原來是這麼一回事啊。

「這種時候選擇安全的白色來穿是不錯……但也可以試著穿上像是紅色這類的誇張色彩。那樣就會在不過度冒險的範圍內表現出個性。雖然是很簡單的技巧，效果卻很棒。」

「外套跟褲子都穿黑色的，搭配色彩鮮豔的襪子……」

我是真的在腦海中想像穿這樣的人，整體看起來確實很像非常會穿衣服的人。這個時候把我的臉套用上去，馬上有一種很抱歉的感覺。

「但說真的這樣太淺顯易懂，內行人來看會覺得太過刻意，給人一種廉價的感覺，可是套用在高中二年級生身上已經很夠了。」

「說起來就像是攻擊魔法，不是每次都管用的那種吧。」

只見日南點點頭。

「大概就像是第一次學會大火球術的感覺。」

「剛學會的那段時間，暫時都能開無雙……」

這樣我就很清楚了。然後再過一段時間，這招就會完全不管用……

「對了，除了襪子，靠圍巾之類的小物來創造色彩差異也很有效。全身都穿黑色，搭配 bordeaux 的 snood，這也是一種能夠輕鬆上手的穿搭法。」

「Bordeaux……snood……」

「就是深紅色的圍巾。」

「原來如此。」

日南說話的語氣不帶半點感情，聽完她的話點點頭，我從現場陳列的幾件大衣中挑選出比較順眼的黑色大衣。感覺這一件的材料比較高級，選擇的理由有些模稜兩可。

「那總而言之就把黑色跟灰色都先買起來好了。」

「哎呀，還真是積極呀。就照這個氣勢進行下去，選出可以跟這兩件搭配的上衣吧。」

「要同時搭配這兩件？」

那句話讓日南點了點頭。

「之前你都是買假人身上穿的衣服，直接把那一套衣服穿在身上吧？可是像這樣多買幾件單品，就能夠改變穿搭。像這種時候，選擇上就可以用『哪件比較適合搭配現有服飾』當基準考量，就會很懂得買衣服了。」

「說得滿有道理。」

「比起去選單獨看起來不錯的單品，不如更著重搭配性。好比戰士很擅長作戰，整支隊伍都是戰士卻反而會破壞平衡性不是嗎？」

「啊——原來是這麼一回事。」

換句話說，不要只去買那些看起來「好潮！」的衣服，也需要去購買活用性強的單品。就很像是負責輔助工作的僧侶，大概是這種感覺。只不過我沒辦法分辨出哪個是戰士，那個是僧侶。

「那麼，你選一下。」

「好……話是這樣說，按照我個人的邏輯思考，會覺得沒什麼選擇餘地。」

我想說現在是冬天，所以就前往某個區塊，那裡在販賣看起來很溫暖的毛線衣，我從裡頭挑出白色沒花樣的毛線衣。

只見日南彷彿看透一切似地揚起嘴角。

「……原來你是這麼選啊。」

「妳早就猜到了吧。」

我目前挑衣服的眼光還沒培養完成。這樣的我就只能去挑「單色衣物」，先挑這種比較安全的單品來穿搭。然後前提是大衣穿灰色或黑色，下半身穿黑色的鉛筆褲，搭配黑色皮鞋，以免脫掉大衣之後變得一身黑。

如此一來自然而然就會去選擇白色。

「嗯，這樣的搭配並不壞。這是最常見的安全搭配，沒個性也沒糟點，不管去哪邊都很常看到，是不怎麼樣的組合。」

被人這麼一說，我撇嘴笑了一下。

「哦。是安全牌，又不怎麼樣啊。也就是說，是那個意思吧。若是套用在遊戲裡……」

頓了一下子，日南接著笑說「沒錯。」把我的話接下去。

「——首先要從這裡開始，再徹底鑽研。」

之後我們兩人可以說是心照不宣，非常具有共識。

安全過關。這話的意思就是以初學者的第一步來說，選擇上非常正確。

就像在教泉玩 AttaFami 的時候，我要她先從「小幅度跳躍」開始學起，要學一個陌生的新事物，首先要把基本功練紮實。這是最根本的道理，也是捷徑。

「不過按照時下潮流來看，查斯特大衣一不小心就會給人有點老派的感覺，但以第一次要買一件正式的大衣來說，這是正確的選擇。」

「好，但是太複雜的東西我聽不太懂。」

「正常。你還不用去想那些。」

這話說得冷淡，與其說那是在瞧不起我，倒不如說她只有考量現實狀況，單獨挑選出必要的項目，在這樣的理性思考下才會說出那種話。

「好。那這就來……咦!?」

看到那兩件大衣的價格，我驚訝了一下。

「哎呀，怎麼了？」

像是一直在等我出現這種反應一樣，日南臉上帶著壞笑。

「好、好便宜……！」

看到我一張嘴嚇到開開合合，日南說著「是啊。」看似滿足地點點頭。

「當你開始學會在某種程度上自己挑衣服，就會有這樣的福利。」

「真是太划算了……！」

原來如此，她之所以帶我來這個二手衣賣場，為的就是讓我明白這點啊。像是買中古遊戲，有的時候也會打到五折以下。可以省好多錢。看樣子今後會有多出來的打工收入，可以拿去買下載版的遊戲，或是用在遊樂中心。

「直接到店裡去買假人身上穿的衣服，買回來往往都是一整套的，實在很燒錢。商店裡頭有時是會選出不錯的商品。直接買一整套，相對的能夠接觸經過嚴格篩選的設計或搭配，可以直接把那一整套穿好幾遍。如此一來就能夠反覆去想這件衣服是好看在哪，不是嗎？」

「說得也是……」

說到買衣服，那都要用自己工作賺來的錢支付，就會很想把錢花在刀口上。這樣一來，每次在穿那些衣服的時候，就會去思考這樣的組合是好在哪，也會更常去觀察別人穿的衣服，去做思考。

「之後只要培養出某種程度的挑衣服功力，後續就能夠省錢。像是來到這種便宜的二手衣店就更省了。」

這讓我恍然大悟地點點頭。

「為了實現這點……才要打造出逼自己思考的環境是嗎？」

只見日南用華麗的手法指著我。

「鬼正。」

「啊，是的。」

平常那招又出現了。

「說到努力，若能夠心無旁騖、持續嚴以律己去進行當然是最理想的，但光靠這樣還是很難持之以恆。因此重要的是要用客觀角度分析管理自己的情感動態，去控制個人衝動。」

我很明白日南想說的。但其實我覺得有點意外。

「……原來妳也會想這些。」

老實說，我還以為這傢伙會徹底無視個人衝動之類的，一直都把自己當成機器操控。

「當然。不過我總是對『努力』這件事情有很強的動力，因此不太會為此感到困擾就是了。」

「這種堪比怪物的特性是怎麼一回事……」

即便我玩 AttaFami 比這傢伙強好了，若是沒有「玩起來開心」這個大前提存在，根本不可能持續練習。

「但首先最重要的還是要多多接觸，這個道理你應該懂吧？」

「……也是啦。」

的確，持續接觸許多搭配得當的服裝組合，已經能夠看出些許隱藏在背後的特定模式了。既然這樣，我只要將那些化為言語，再擬定對策就行了。

其實這跟在格鬥遊戲裡頭想辦法從對手連擊技中逃脫是一樣的道理。

「那我去結帳……」

我話才說到一半就被日南用銳利的目光注視。

「……在那之前還有事情要做吧？我知道了啦。」

「哦，還以為你會不乾不脆發牢騷，沒想到這次乖乖主動執行。」

這下日南似乎感到意外，她睜大眼睛。

「告訴妳，我一個人去買東西的時候，好歹也會試穿好嗎？妳交代的事情都有確實辦到，在努力進行特訓呢。」

這是因為，身為遊戲玩家就該這麼做。

雖然每次都會試穿，但說真的如果穿起來只是有點大件，那我也看不出來，因此也可以說試穿沒什麼意義。不過穿上去如果真的太大件，我就能看出來，給店員看的時候，對方也會跟我說「再小一號應該會比較好～」而我只會乖乖聽從，最後也都平安過關。

反倒是我個人認為剛剛好的情況下，店員會對我說「這個再穿大一點會比較有潮流感，可能會比較可愛～」，讓我學習到穿大件一點才比較流行。日南剛才也說過類似的話。這部分就很像去看其他遊戲玩家的社群網站或是部落格。

「好吧，這部分或許該說真的很有 AttaFami 感。」

「對吧？那我走了。不好意思，我想試穿這個……」

在那之後，店員帶著我走向試衣間。我正打算穿上灰色的大衣，並且照鏡子確認，這個時候日南嘴裡那句「如何？穿好了？」隔著布簾傳過來。她是有透視能力嗎？

「沒有，現在才完全穿好。」

「快一點。」

「啊，果然還是得讓妳看啊。」

就連我自己都還沒來得及好好確認一下。我邊想邊拉開布簾。

「果然變這樣了。」

「……？咦，啊。」

順著日南的話，我看著鏡子，結果發現大衣袖子的長度有點不夠，看起來好像大人穿上小孩子的衣服。毛衣的長度也太短，一開始買假人身上那一套套裝的時候，有順便買皮帶，現在那個皮帶完全都露出來了。

簡單講，連我這個時尚界的新手都能看出，穿起來牛頭不對馬嘴。

「好啦，那這次換黑色的那件。重複幾次之後，也許你就懂得看尺寸了。不是挺好的嗎？」

日南這句話裡是滿滿的挖苦意味，讓我聽完皺起眉頭。

「對喔，要穿 Oversize 比較有流行感。」

「就算你一臉得意將剛才學到的字眼現學現賣，也不會提升帥氣度喔。」

「少囉唆，我這個人是會在戰鬥中成長的。」

「是喔，現在只是在防具店買東西而已吧。」

「不對——妳錯了。戰鬥是從選裝備開始的。真外行。」

像這樣用玩角色扮演遊戲的概念買東西，比想像中更加愉快，結果最後我買了稍後試穿的黑色查斯特大衣，還有尺寸比較符合的白色毛衣，還順便買了紅色的襪子跟深紅色圍巾。這下就算碰到寒冬也沒問題。

3

那段「戀愛話題」的走向

暑假來了。背地裡為了讓中村修二和泉優鈴配對成功，男女加起來共七個人去參加集體外宿。

「到了聊戀愛話題的時間啦———！」

在傍晚的小木屋裡，三個女孩子正待在裡面消磨時間，此時深實實也就是七海深奈實發出快樂的呼喊。

「好好好，先把行李放好。」

「了解！」

日南葵就像在教導小孩子的家長，深實實回答得很有精神。

她立刻把背包放下，結果卻被絆到腳，整個人撲倒。零食都從裡面掉出來了。

「啊！我的硬脆炸薯片！大家一起來吃嘛！」

「不錯喔！我這邊也有～」

日南也跟著開心地附和，從自己的包包拿出起司餅乾。

「啊哈哈！葵又是吃起司口味。那我也來～」

這時泉也笑著快手快腳從自己背包中拿出炸薯條和帶有顆粒口感的草莓餅乾棒，以及用寶特瓶裝的飲料，這樣就準備完成了。

「是說沒事聊什麼戀愛話題呀。」

即便嘴上說得很困擾的樣子，泉的眼神還是有些興奮。

「這還用說，說到夏天自然會想到談戀愛！出來外宿就是要聊戀愛話題！我們會在這裡聊戀愛話題，甚至可以說是命運的安排！」
「好啦好啦知道了，知道了啦。我想要幫手機充電，可以坐這邊嗎？」
「可以！」
聽到日南再次柔聲安撫，深實實精神抖擻地回應。
「……不對！葵！」
「嗯——？」
只見日南彎起膝蓋跪坐，上半身往前傾，邊把充電器插進插座，一邊出聲。
「葵妳就不好奇嗎！不好奇那兩個人進展如何!?」
深實實一面說著，拿著手裡的寶特瓶朝日南那張臉逼近。
「呃——妳說的『那兩人』應該就是……」
話說到這邊，日南跟深實實的視線不約而同轉向泉。
「對！就是優鈴跟中中！」
這次出來集體外宿，私底下就是為了撮合泉和中村這兩人。在這個節骨眼上去探究那兩個人的關係，日南跟深實實可以說是心照不宣，做起來就像事先講好的一樣。
「……哦～」
發現兩個人都在看自己，泉表面上看起來很困擾，說話的聲音卻有點愉快。
原本用來指著日南的寶特瓶轉向泉，開始拿來逼問對方。

「最近情況如何！」

「……這個嘛。」

泉的表情有點黯淡。

「該怎麼說，我們相處融洽，目前跟修二感情最好的女孩子應該就是我了。」

「嗯嗯。」

這讓日南看似開心地附和。

「但有些地方還是讓人感到些微困擾。」

「哦，有困擾啊。」

深實實挑起一邊眉毛，感興趣地點點頭。

「嗯。就是……我最近去找修二談戀愛問題……」

「咦？去找修二諮詢？這是怎麼一回事？」

當深實實說完這句話，日南當下似乎察覺什麼了，她露出一抹壞笑。

「莫非……妳去找修二談修二的事？」

泉聽了神情認真地點點頭。

「嗯，就是這樣。」

「咦？咦？七海同學都聽不懂！」

看到深實實舉手，泉嘴裡說了一聲「那個——」同時開始解說。

「我跟修二說現在有喜歡的人，但不知道那個人有沒有把我當成對象……跟他商量的事情就類似這些！」

那讓深實實頓時沉默了一下，遲了一秒才大聲叫喊。

「啊——！原來是這樣！咦！原來優鈴妳做過這種事情啊!?」

面對如此驚訝的深實實，泉順理成章地點點頭。

「嗯，做了做了。」

「喔、喔喔……」

在那之後，深實實看來有點受到打擊。雖然自己平常都不正經，但她自認跟同年紀的人相比，自己算是比較早熟的。

可是看到同年級的泉耍這種戀愛小心機，內容完全是自己想像不到的，而且還理所當然地將這種事情說出來，讓深實實莫名有種比不過對方的感覺。

「優鈴，該不會妳私底下其實很成熟？」

「咦，沒那種事……我覺得啦。」

「……是這樣啊。」

「嗯」了一聲，深實實陷入沉思。對此事一無所知的泉繼續把話說下去。

「可是他好像完全沒注意到，感覺好像還造成反效果～」

只見日南跟著點點頭，就像在說「這也不意外」。

「畢竟這對修二來說還太早了嘛。」

「咦～果然是這樣？」

「嗯。那可是修二，沒辦法。」

那兩人的對話讓深實實笑了出來。

「竟然這樣說那個中中……」

這話也讓日南「啊哈哈」地笑了，帶著認真神情的泉「唉」地嘆了一口氣。

「這該怎麼辦才好。」

日南跟著「嗯──」了一下，想了想。

「……是不是該用更淺顯易懂的方式進攻？」

「用淺顯易懂的方式啊。」

對話不知不覺間暫停了，日南跟泉開始思考對策。這個時候深實實在想的事情跟她們有些出入。自己是不是該對戀愛這檔事再積極一點會更好？她用手指摩擦下巴。

此時深實實的手機突然開始震動。看了發現是 LINE 在通知這次撮合泉跟中村修二作戰用的群組中有人留言。來留言的人是水澤。

『島野學姊好像正在找修二商量，說她「跟現在的男朋友進展不順」（笑）這樣目前就不方便進行下一步了。』

一面確認現場的動靜，深實實在想要怎麼回應。可能是因為日南也開始滑手機的關係，泉跟著注視起智慧手機的螢幕，這樣的氛圍很適合跟人透過 LINE 聊天。

『啊──那個學姊感覺是會做這種事情的人！

我受不了這種的！』

打出這段文字送出去之後，水澤再次回傳訊息。

『這種性格還真差勁～』

緊接著，在她隔壁的日南也發送訊息。

『修二是不是被當成備胎了？（笑）』

『現在在我們這邊，文也也直接跟修二說他被當成備胎，超好笑。』

看到水澤傳來的這段LINE訊息，深實實差點笑出來，同時她發出一個正在大笑的兔兔貼圖，並發送一段訊息『真的喔？不愧是友崎！』。

接著深實實就收到友崎傳來的訊息，上頭寫著『說完就被對方狠瞪』，害深實實憋不住氣，「呵呵」地偷笑。為了將這個反應如實呈現出來，深實實回傳『wwwwww』。

大家正聊這些聊得很開心，日南適時傳出這段文字。

『對了！我們這邊的優鈴也說出震撼發言！』

友崎回傳『震撼發言？』

『嗯。優鈴說她特地去找修二商量，說自己「現在有喜歡的人」！（笑）。』

接下來換水澤上場，他發出一個耍帥男子將手伸向前方，在說「暫停一下」的貼圖。

『修二也說他接下來想追的女孩子過來找他商量，說「她現在有喜歡的人」。（笑）』

看到這段文字，深實實和日南互相對看。

泉去找中村商量，說「自己現在有喜歡的人」。

中村心儀的對象跑來找他商量，說「她現在有喜歡的人」。

這兩個人不禁面帶笑容。

這下用不著懷疑了，他們對彼此都有意思。

『搞什麼超猛的（笑）』

這根本兩情相悅！』

深實實傳出這句話。

日南補上一句『快點交往啦。』。

一時之間，那群人忙著在 LINE 之中樂此不疲地聊天，這時泉突然說出這麼一句話。

「喂！就只有我說了自己的戀愛煩惱！那妳們兩個呢！」

被點名的那兩人將目光流暢地從智慧手機上拉開，放到泉身上。深實實開始「嗯——」地思考起來，日南則是露出別有用心的笑容。

「這樣問我，我也沒什麼好講的……那可以說我被人家告白的事情嗎？」

「咦——什麼什麼！」

聽到日南面不改色丟下這種震撼彈，先有反應的人是泉。

「妳果然也有戀愛方面的話題可以講嘛！真是的！」

「對方是平常不太跟我說話的人，其實也沒幾次。但我不能說是誰。」

「咦——！這樣不行啦，葵選手！」

「就是說啊！好奸詐！」

「咦～……嘿咻。」

帶著有點困擾的苦笑，日南拿房間裡的枕頭當靠背，人往牆壁上一靠。

這個時候深實實出聲了，她突然聯想到什麼。

「妳剛才說沒幾次，那就是不止一次了對吧!?」

「嗯——是這樣沒錯。」

看到日南承認，深實實戳日南的側腹搔她癢。

「開什麼玩笑，妳這個萬人迷！真可愛！我喜歡！」

「啊，被誇獎了。多謝多謝。」

泉用亮晶晶的眼神看日南跟深實實互動，最後開口了。

「吶吶！至少可以透露其中一個！」

「咦～……嗯——」

「不行嗎？」

泉跟著露出悲傷的表情。像深實實那樣直接逼問，反而比較好拒絕，可是像這樣出自真情的請求，就連日南看了也有點難以拒絕，讓她皺起眉頭。

「好吧……如果是那個人，應該沒關係吧。」

聽到日南這麼說，現場氣氛頓時熱烈起來。

「喔喔！葵選手果然夠大器！」

「是誰是誰!?」

說完那句話之後，日南的視線就看向斜上方。

「這個嘛，妳們認識足球社的高橋嗎？」

「咦！我知道！」

只見泉驚訝地睜大眼睛。

「嗯？高橋……好像有這號人物。」

深實實歪過頭，依然興奮的泉接著開口。

「就是那個人啊！留著咖啡色頭髮，一看就知道有燙過，這個人妳不知道!?」

這話一出，深實實恍然大悟地拍了一下手。

「咦！我好像知道！那個人身高很高對吧？」

「對對！身高非常高！」

「那個人是王牌球員吧？」

「對就是他！」

「咦──！那不是一個大帥哥嗎！」

這個男生是足球社的，很有人氣。日南竟然被這樣的人告白，面對這意想不到的重大事件，泉跟深實實免不了情緒激動。日南聳聳肩看著她們兩人。

深實實隨後整個身體向前湊，打算逼問重點的她問出這段話。

「那後來怎麼了!?妳答應了!?還是不行!?」

「嗯？我拒絕啦。」

「咦──！」

看對方答得這麼乾脆，深實實整個人向後倒。日南見狀開心地笑了。

「葵還真是銅牆鐵壁攻不破耶？」

在泉說完這句話之後，日南若有所思地向上看。

「是這樣嗎？」

「嗯，肯定是那樣沒錯。反過來講，葵有沒有中意的人？」

「咦──我啊。」

被泉這麼一問，日南顯得吞吞吐吐。

「……有誰呢？」

見到日南在煩惱，深實實趁機吐槽。

「葵，像這種時候完全找不出半個人，那才算是銅牆鐵壁喔？」

「啊哈哈，原來如此。」

日南笑得很開心。

「咦！那這樣好了！」

這個時候泉突然有個點子，她跳進來插話。

「在今天那四個男生之中，妳覺得哪個人最棒？」

「啊！我想聽這個！」

深實實也跟著往前探出上半身，去附和這段話，同時向日南逼近。

「今天那幾個男生啊……」

一時之間，日南的視線游移起來。

今天那四個男生，分別是中村、水澤、竹井、友崎。

「……是說這個問題只讓我想？妳們兩個也回答一下啦。」

「啊，也對喔。我知道了。」

泉應允了。

深實實帶著邪惡笑容開口捉弄這樣的泉。

「但我們早就知道優鈴會選中中啦？」

「嗚……討厭——！」

那讓泉害羞地敲著深實實的肩膀。

「確實是這樣～那大概就剩我跟深實實可以回答了吧——」

「對啊！——葵已經想好了嗎？」

「嗯——我大概已經想好要選誰了。」

聽到這番話，泉興致盎然地開口。臉上表情好像有點不安。

「咦！是、是誰⁉」

「這個嘛——」

「嗯。」

繼泉的那句回應後，日南稍微賣個關子頓了一下，接著這麼說。

「——不是孝弘就是友崎同學吧。」

面對這個答案，泉率先大喊。

「咦——！原來是這樣！」

遲了一會兒，深實實才出聲。

「……是喔！感覺有點意外！」

緊接著換日南露出苦笑。

「是在說友崎同學這部分嗎？」

「嗯，就是這個！」

深實實在第一時間做出回應，讓日南笑了出來。

「啊哈哈，我想也是。該怎麼說呢。理由在於……」

「嗯嗯。」

可能是因為沒說出中村名字的緣故，泉看起來很放心，催促日南揭曉後續。

「我覺得自己跟孝弘最聊得來。不是指興趣這方面，而是在很多層面的看法，諸如此類的？」

那讓深實實頗有同感地點點頭。

「啊——這我好像稍微能夠理解。因為你們兩個都很精明能幹嘛。」

「嗯——好像是這樣？」

日南說得語帶保留，但就連泉都認同了。

「嗯嗯，兩個人確實很搭，看起來很像一幅畫。」

深實實也表示認同。

「這點完全正確！」

「啊哈哈，多謝抬愛。」

「那我們的軍師呢!?」

深實實問這話的時候看起來興趣濃厚。

「友崎同學……這該怎麼解釋？就覺得有別於孝弘，我們在別的地方似乎志趣相投。」

「哦，是這樣啊？」

照泉的回應看來，她似乎不大認同，深實實則是看向斜下方，嘴裡「啊——」了一聲，像是若有所思的樣子。

「總覺得——對了，友崎同學這個人不是有點怪怪的嗎？」

想起之前在選舉時一起奮戰的那個他，深實實露出開心的笑容。

「啊哈哈，我懂妳的意思。」

「他看起來中規中矩，但有的時候又不服輸……怪的就好比是這種地方吧。」

聽完日南這一番話，深實實的眉毛動了一下。

日南說到「不服輸」這個字眼。給出這樣的評價是滿符合的，但除了自己，還有其他人會給友崎這樣的評價，那讓深實實有點意外。

「軍師他確實給人這種感覺。這方面跟葵感覺也滿搭的。」

一邊回想之前選舉時跟友崎對話的片段，深實實將這句話脫口而出。

此話一出連帶使得優鈴跟著點頭。

「嗯嗯我懂！像是他玩遊戲就很厲害啦～」

泉會說出這種話，那也讓深實實有點訝異。

「……哦——原來大家都滿清楚軍師有這樣的一面啊。」

她邊說邊露出一抹笑容。

最近友崎開始會跟她、日南和泉等人攀談。對深實實來說，友崎是一起在選戰中作戰的夥伴。

沒想到這兩人會給那樣的他那麼高的評價，讓深實實莫名跟著引以為傲起來。什麼嘛，其實友崎也很能幹嘛。照這個樣子保持下去就對了，軍師。一面想著，深實實頻頻點頭。

「總之我的感想大概就到這邊。」

在日南說完這句話之後，泉和深實實都發出滿足的嘆息。

「哎呀，聊了很多有趣的事情呢……」

「嗯嗯。很有在聊戀愛話題的感覺。」

「啊哈哈，那真是太好了。」

這話日南是帶著苦笑說的，接著她若有圖謀地揚起嘴角。

「那麼，深實實妳呢？」

「咦？」

深實實給出錯愕的回應。

「總不能只有我回答吧？」

「啊～」

原本聽到日南給出那些答案，深實實已經完全滿足了，這下她聽了又點點頭心想「對喔」。

「我、我嗎？從那四個人裡面選對吧？」

緊接著她認真地想了一下。

自己比較中意誰？沒辦法選擇誰？想完這些之後，深實實老實回應。

「嗯——選誰好呢？說真的……我好像沒有太喜歡的。」

「咦——！好詐喔！」

「對吧——很奸詐吧——」

日南配合泉一起抗議。

「妳必須選一個！」

有了日南跟自己一個鼻孔出氣的泉進一步表達不滿。

「好、好吧真的滿奸詐……硬要我選一個啊。」

深實實自認已經照實回答了，但被人說奸詐也無可厚非。因此深實實先是想了一下，然後再認真不過地給出這樣的答案。

「——除了竹井都可以吧？」

「啊哈哈哈！好過分！」

只見日南優雅地遮住嘴巴，用很純真的方式笑著。

「咦——！那修二也算在內嗎!?」

泉有些不安地補充。

「算是吧，硬要我選的話！只不過，我會把中中讓給優鈴。」

「不、不是，我不是那個意思……」

泉說完楚楚可憐地看向下方，這觸動了深實實的心弦。

「戀愛中的少女……好偉大。」

接著她慢慢靠近泉，進行到一半被日南敲頭。

「好痛！」

「別這樣。」

「我什麼都還沒做啊！」

「妳說『還沒』，那表示果然想做什麼不是嗎？」

「被發現了！」

「……真是的。」

日南先是發出一聲嘆息，接著突然笑得很開心。

「但友崎意外地上榜了呢！」

聽到泉這麼說，日南也跟著點點頭。

「啊！對耶！好意外喔。」

緊接著深實實也跳出來附和。

「嗯！真的很意外！」

看到她們兩人給出這樣的評價，泉忍不住發笑。

「啊哈哈！但最後搞不好會那樣喔！」

「嗯——？」

在深實實有所回應後，泉便裝作若無其事地說出這句話。

「搞不好之後妳們兩人中會有一人跟友崎交往喔!?」

聽到這種話，深實實開始去想像。

的確，友崎意外地令人欽佩，很多地方都讓人感到帥氣。

但說到跟他交往，腦海中就沒辦法浮現畫面。

不管是他站在日南身旁的樣子，還是跟自己並肩而立的模樣。

因此深實實老實回應。

「討厭啦！那不可能吧！」

但也許，這個答案在未來的某一天會翻盤。

眼下——她心中還沒有這種預感。

4 只能用言語表達的色彩

「咦！那就是說，對方跟妳告白了……？」

「……嗯、嗯嗯。」

「呀──！」

一陣喧鬧聲將好好的氣氛打亂，這裡是某間公立中學的教室。

為了要從交雜在一起的電波之中脫身，我一直坐在自己的位子上。

「噓──！太大聲了！」

「咦──又沒關係！還隔了兩個班級不是嗎？聽不見聽不見。」

「問題不是這個──！」

傳入耳裡的是班上同學的對話，那語氣因為碰上憧憬的「戀愛」話題變得興奮不已。

開始對這方面的事情萌生興趣，那是我們中學生要轉變成為大人的第一步。像是在透過彼此確認這份預感一般，那些女同學聊得很盡興，看在我眼裡有點不真實。

她們臉上的表情神采奕奕，就好像透著光閃耀的彈珠一樣，而我一定就是那個躲在樹後面看的孩子吧。

「然後呢、然後呢!?後來怎麼了!?」

「我、我想說可以試著答應看看。」

「呀──！」

聲音周波數相仿的女孩子們聚集在一起，我跟她們有點隔閡。即便說著同樣的言語，周波數還是搭不上。我有這樣的感覺。

我的朋友並不多。雖然不是沒興趣跟朋友一起玩，或是跟男孩子談戀愛，但是對我而言這股光芒看似近在眼前，實則很遙遠。

我想要試著伸出手。

然而總覺得一碰到這顆彈珠，它就會突然碎掉。

我的腦子裡充斥著這些像是藉口又像是正當理由的隻字片語，自認這樣下去不行，大口吸進空氣之後，我試著將那些話語逐出腦海，如此一來就只剩淡淡的落寞，還有硬生生橫在我面前的無奈。

而那背後必定沒有太深的意義，就只是應有的偶然與現實交錯。

照理說這個世界的景色應該處處充滿色彩，看在我眼裡卻從頭到腳都是灰色的。除了待在這樣的世界裡，靜靜地呼吸，我不曉得還能用什麼樣的方式度過。

——這個時候我邂逅了那本書。

＊　＊　＊

大概從小學高年級開始，在午休時間前往圖書館就成了我的習慣，或許一開始是為了逃避才去的。

時光靜靜地流淌著。有別於若是不屬於任何小團體就彷彿無法待在那兒、讓人感到窒息的教室，這個空間不存在拒絕和小圈圈。

我能夠做我自己。不用去在意別人的目光，不會為那種無能為力感到悽慘，在這個地方可以只為了自己而活。

我的目的原本是為了逃進這個舒適圈——卻在不知不覺間轉變。

我變得很喜歡這個有書本環繞的地方。

雖然只是一個小小的房間，跟廣大世界相比甚至還不到豆丁點大，但感覺這裡的藏書就足以形成諸多世界。

彷彿心願受到呼應，像是在悄悄肯定沒辦法在「教室」這個世界成為主人公的我。

我想那對我來說肯定像是種救贖。

而且像這樣頻繁往來於圖書室，我才會有那樣的邂逅機會。

午休時間。

今天我就跟平常一樣造訪圖書室。

將門喀啦喀啦地打開，我跟這個時間總是在圖書室櫃檯工作的圖書館管理員鄉田小姐對上眼。鄉田小姐輕輕地招手，露出親切的笑容。我踩著有點緊張的步伐來到鄉田小姐身邊。

「妳好啊，風香——」

對方邊說邊露出微笑，她有著像是日晒過的健康肌膚，並且露出潔白的牙齒。

「……鄉田小姐，妳、妳好。」

除了我跟鄉田小姐，還沒有任何人來到圖書室。在我跟她打完招呼後，鄉田小姐半開玩笑地裝出生氣表情。

「討厭啦。不是要妳叫我沙也加小姐嗎？『鄉田』叫起來沒那麼可愛。」

「那、那個……」

「真是的——急死人了。還是妳要直接叫我沙也加也可以喔？」

「這、這個……那個、妳年紀比我大。」

這話一出，鄉田小姐嘴裡發出一聲「嗯——」，別具深意地點了好幾次頭。

「原來是這樣啊。好吧，在風香看來，我已經是個歐巴桑了吧。」

「我、我不是這個意思……」

困惑的我說話變得結巴起來，那讓鄉田小姐滿意地笑了。我喜歡這個讓人討厭不起來的笑容。可是非常清楚怎麼做能夠讓我困擾，然後故意用那些招數捉弄我，這樣的鄉田小姐實在非常狡猾。

還有，對方說「風香已經把我當成歐巴桑了」，但我也只知道鄉田小姐的年紀是二十幾歲。那讓我不方便更進一步追問下去，這部分果然也很狡猾。在我看來對方不管幾歲，都是個很有魅力的女性，她為什麼要保密呢？

「對了對了。借到昨天的那本書已經看完了?」

「是的。」

當我回答完畢,鄉田小姐若有所思地噘起嘴脣,然後從堆在櫃檯後方的書本中抽出幾本書。

「給妳。這是我的本日推薦。」

「哇!謝謝妳。」

那本書重重地放在我面前。櫃檯上方的景色頓時一變,變得色彩繽紛。我一直在注視那些書的封面。

「……這些書也都好棒喔。」

「對吧~?畢竟都是我這個沙也加大姊姊選出來的嘛。」

鄉田小姐在說的時候特別強調「大姊姊」這個字眼,看似得意地揚起嘴角。

這幾個月以來,我跟鄉田小姐已經熟識了,她會推薦書本給我。

除了兼任美術老師和圖書館管理員,鄉田小姐還想要成為設計師,為了學習,聽說蒐集很多在封面設計上很有意思的書籍,在我一天到晚跑到圖書室的這段時間裡,她會從裡頭挑出特別中意的書推薦給我。

「還是老樣子,我完全都沒有看過內容。」

鄉田小姐又露出調皮的笑容。

身為圖書館管理員,這樣怎麼行,我差點把這句話說出口,但其實拜這種做法所賜，我有幸遇到幾個非常棒的故事。封面肯定就像一個世界的門扉，只要碰觸，門扉對面的溫度就會微微傳遞過來。

「如何？很難抉擇對吧——？」

可能是因為我已經選過好幾次了吧，鄉田小姐似乎逐漸能夠掌握我的喜好了，看看在眼前排開的那五本書，封面設計都走雷同風格。若要形容起來，應該就是感覺很夢幻，同時又有點寂寥、有點懷舊。

那是因為之前鄉田小姐跟我推薦書本的時候，我似乎都會下意識選出有這種封面設計的書。之所以會用「似乎」這種說法，是因為反而是鄉田小姐先發現我喜歡這種風格的。

看我不知道該挑哪一本，鄉田小姐用手撐著臉頰，開開心心地眺望。為什麼看到我困擾，鄉田小姐會這麼開心？

「……這個。」

此時我突然相中一本幻想風格的小說。

《猛禽之鳥與波波爾》

——作者：麥可・安迪。

會看到這本書純屬偶然，它有著深綠色的美麗封皮，用燙金文字印出的標題，我不自覺受到這樣的封面設計吸引。

硬要說的話，這是在一種奇幻和沉寂感之中，又有著一段留白，或許是這種感覺吸引我也說不定。會覺得想要知道那段留白背後藏著什麼，又或是有種預感，覺得自己可以一頭栽進這個超乎現實的世界，或許是那樣吧。

總而言之，最後我自然而然拿起那本書。

「哦——這本不錯喔。是我最推薦的。」

帶著溫和的笑容，鄉田小姐的視線隨著我的手指移動。

「……總覺得看起來很棒。」

我輕輕撫摸那本書的封面，確認手感。厚厚的紙摸起來有種粗糙感，不是只有印刷上去而已，可以感受到細微的凹凸感。彷彿可以讓人感覺到印刷者和設計師也很愛這本書，充斥著巧思，令人心動。

而這肯定是我多心了吧，我似乎能感受到在封面底下的世界是溫暖的。

若是要列舉出選擇這本書的動機，每一個原因都很抽象，令人難以理解——不過，簡單來講就是我想看這本書吧。

「我可以借這本嗎？」

「當然可以。」

簡短地應允後，鄉田小姐拿起其他擺在櫃檯上的書，在桌子上敲幾下，讓書的邊緣互相對齊，像是要重新收拾好心情。

「那妳慢慢看。」

「……好的。謝謝妳。」

只見鄉田小姐先是揮揮手，接著就不再看我，自然而然地繼續處理工作。我也離開櫃檯，去平常坐的那個位子坐下。

鄉田小姐會像這樣乾淨俐落切斷對話，沒有一直跟我聊下去，八成是發現我不擅長跟人聊天。最近我發現這一點，感覺她是在對我獨處的時間給予尊重。

像這樣細心成熟懂得體諒人的鄉田小姐，我真的很喜歡，未來的某一天，我來到二十幾歲後是不是也能變成這麼棒的女性？一面在腦海中勾勒這些畫面，我慢慢進入小說的世界。

＊　＊　＊

「喔？真難得。」

「是的……妳好。」

「呵呵，妳好。這是今天第二次了吧。」

那天放學後，我難得在放學後又來到圖書室。

原因很簡單，中午看了那個故事，我想要看後續。

為了在這看後續，我拿起沒有借出去還放在櫃檯旁書架上的《猛禽之鳥與波波爾》。

「我可以把這本拿去看嗎？」

「當然可以。」

鄉田小姐先是笑了一下，接著就用手上的原子筆敲出喀喀聲，同時繼續說道。

「這本真的那麼有趣？」

她邊說邊用手指滑過我抱的那本書的邊緣。剪得整整齊齊的指甲非常有女人味，跟平常那種大而化之的態度形成美妙反差。

「是的……非常有趣。」

我抱著書回答，結果鄉田小姐點點頭說「是嗎是嗎」。

「那真是太好了。妳慢慢看。」

「好。」

就這樣，鄉田小姐又一下子截斷對話。就跟平常一樣保持適當的距離跟我對應，很貼心。這讓我感到很舒服，同時我坐到圖書室的椅子上，打開書本。

《猛禽之鳥與波波爾》是一個讓人感到非常落寞的故事。

主角是一個叫做波波爾的男孩子，他在一片廣大的森林中長大。

那個森林是由一隻據說身長高達十幾公尺的老鷹畢朵主宰，是片遼闊的山林，許多人類和被稱為精靈等等的種族各據一方生活，有的時候會引發紛爭。
除了人類和精靈，森林裡頭還住著許多稀奇古怪的生物。
在大樹周邊住著身體是牛、頭是蜥蜴的野獸，四處昂首闊步。森林中央有一條大河，有蝙蝠會拍著翅膀在水裡游泳，捕捉身上長著豹紋的食人魚。
不過具備智慧的種族都會使用稱作「夫巴勒語」的共同語言，可以互相溝通。書裡的世界就是如此不可思議。
主角波波爾是被人類父親和精靈母親養大的。
在這個世界裡別說是跟其他種族通婚了，就連積極跟對方示好的情況都很罕見，那兩個人跨越種族隔閡變成一對戀人，被這座森林放逐。根據畢朵所訂下的規矩，他們被趕出人類和精靈村莊。
但他們會這樣流放這兩人並不是感情用事。而是在這個世界之中，不同種族之間的生殖機能有著決定性的差異，跟其他種族通婚對所有種族來說無疑是條毀滅之路。傳統上將這件事情視為禁忌。
換句話說，精靈跟人類的外貌雖然相似，卻不能生孩子——所以波波爾是撿來的孩子。
故事從波波爾的雙親被不明人士殺掉開始。

當波波爾去游泳回來後，三個人一起生活的茅草小屋已經被破壞殆盡，那裡留著疑似波波爾雙親的血痕，還有爭鬥的痕跡。

另外還掉落常常撫摸波波爾頭部的母親指節，只剩那纖細手指的一部分。

波波爾無聲無息地哭泣三個晚上，接著他起身。

在這個森林中，食物鏈是不可違抗的法則。波波爾也會狩獵蜥蜴，會烤魚、吃豬肉。雖然具備智慧的種族會互相約定不自相殘殺，但是在無法透過言語溝通的猛獸之中，有很多是會獵捕人類和精靈來吃的，那些都棲息在森林裡。也有可能是那兩個人被趕出村莊後，種族之間的約定沒能保護到他們。

不管怎麼說，波波爾都變成孤零零一個人了。

頓失依靠的波波爾為了活下去，決定尋找新的同伴。

追尋有別於猛獸的雙足步行足跡，波波爾找到精靈村莊。

他向著照亮寒空和黑暗的溫暖火光走去，來到人類的村莊。

在做這些事情的期間，波波爾發現一件事情。

看樣子他不是人類也不是精靈。

不管去哪個種族的村莊，大家都會懼怕他。

不只是人類和精靈。所有的種族都懼怕波波爾。

就算去到具備力量和智慧的獸人村莊也是一樣。

照理說，那些獸人在森林之中是力量最強又具備高度智慧的種族之一，但他們卻用為之戰慄又懼怕的眼神看著波波爾。

當夜裡他一個人走在森林中，原本是黑夜帝王的巨大貓頭鷹，一看到他就逃之夭夭。

仔細想想，波波爾的眼睛幾乎看不見。只能靠自己無意識發出的聲音造成反射，來準確分辨物體形狀和距離，靠著敏銳的嗅覺正確聞出物體成分。

除此之外，因為他的眼睛看不見——因此他也從來沒見過自己映照在水面上的倒影。

這個時候波波爾有個想法浮現。

那就是他肯定是一個異類，沒有人願意接納他。

我沉浸在這樣的故事中，甚至忘了時間。

手停不下來，當我看完最後一頁，猛然抬起臉龐——

「啊……」

窗外的天空已經完全暗下來了。

「風香小妹妹～」

「是、是的!?」

櫃檯那邊傳來懶洋洋的聲音。

「妳看得很入迷呢。怎麼了，真的這麼有趣？」

看到鄉田小姐邊打呵欠邊說這句話，我這才回過神。看看手錶，時間已經來到六點半了。

「啊，對、對不起，我竟然弄到這麼晚……！」

「沒關係沒關係～」

只見鄉田小姐說這話的時候懶懶地笑著。她想必一直在等我看完吧。

這讓我感到歉疚，同時我轉頭看鄉田小姐，發現她睜大雙眼。

「咦，風香？」

「是、是的？」

「嗯。」

鄉田小姐用手指指自己的臉頰。

「咦？」

我模仿她的動作用手指觸碰自己的臉頰，發現那邊有水滴流淌。

「啊……」

「難道說，妳沒注意到？」

一邊苦笑，鄉田小姐一邊這麼說。

「沒、沒有……」

臉頰上有水滴。也就是說，出現在那裡的是眼淚。

當然我並非絲毫沒有察覺。

雖然隱約發現了，但我對那個故事更投入，因此不知不覺就忘了這件事。比起擦拭淚水、恢復神智，我更想繼續把這個故事看下去。就是這種感覺。

「太萌了——我還是第一次看風香哭。」

鄉田小姐睜大眼睛注視我。

「我、我也是……第一次在別人面前哭。」

「咦——！第一次？」

「那個……應該是吧。在我長大以後……這還是第一次。」

不知為何，這話讓鄉田小姐露出溫和的微笑。

「……這樣啊，原來是這樣。長大以後第一次在別人面前哭呢。」

「是、是的。」

我不懂那微笑代表什麼意思，在我如此回應後，鄉田小姐興奮地睜著閃亮雙眼，離開櫃檯走向我。

「對了！那是什麼樣的故事？講給大姊姊聽一下。」

她來到我這張桌子這邊，坐到對面的位子上，向前探身問我。

這種時候沒有直接坐在我隔壁，肯定也是鄉田小姐貼心的表現吧。

「那、那個……那我就說了。」

緊接著我開始對鄉田小姐說出這個有些落寞——又有點溫暖的故事。

＊　＊　＊

「——這個時候波波爾注意到了，認為自己一定是沒辦法融入任何族群的異類。」

「喔——原來故事是這樣啊？接下來呢？」

表情千變萬化的鄉田小姐聽我說故事。就連我自己都感到驚訝，我在說故事的時候話這麼多。或許是提及自己喜歡事物的開心表現。

「可是波波爾並沒有放棄……雖然感到害怕，被人們排斥，他還是努力透過語言——夫巴勒語來跟各式各樣的種族交流。」

「嗯嗯，因為能夠透過語言跟森林裡的居民溝通嘛。」

「是的，後來他的同伴就增加了。」

我慢慢透過自身敘述將故事娓娓道來。

「咦——好厲害喔。但他是怎樣跟人打成一片的？」

鄉田小姐在聽我說話的時候，臉上都是笑咪咪的，讓我也在不知不覺間說了許多。

「雖然一開始不管去哪邊都行不通，但是卻有一個契機。波波爾的爸爸媽媽常常跟他說人類村莊和精靈村莊的許多傳說故事。」

「傳說故事？」

「就像是神話……應該說是那個世界的古老傳說吧。」

「就像桃太郎或是浦島太郎那樣？」

「對對、就是這個。」

「原來如此——！」

當我點點頭說對，鄉田小姐也跟著點頭。

「在波波爾聽到的許多傳說之中，有一個特別少見的傳說。他最喜歡那個故事，但卻沒什麼人聽說過……不過，他後來發現有某個湖之妖精知道這個傳說。」

「是喔，繼續說。」

「好的。他跟喜歡同樣故事的妖精彼此交心……之後漸漸的超越種族藩籬，朋友越來越多。」

「這樣啊。嗯嗯，好棒的故事。」

鄉田小姐跟我有一樣的感受，她說話的聲音聽起來很真誠。

「後來……他就想要跟交到的朋友們一起離開森林。」

「哦，這是為什麼？」

「他想看看森林以外的世界，想看看只有在傳說中出現過的海洋。故事是這樣發展的。啊……波波爾喜歡的傳說有提到海。」

「原來如此，是這樣啊，他們要開始冒險了。」

我一邊回想故事的片段，心中情緒跟著高昂起來。

「就是這樣！大家一起同心協力，人類運用智慧來製作道具，精靈會用不可思議的力量替大家去除疲勞……波波爾擊退從黑暗中來襲的野獸，保護大家……他很努力。」

「啊哈哈，波波爾好厲害。」

「是的！以前波波爾的力量不被大家接受，現在卻為了大家發揮出來，看到這邊覺得很開心！」

我說著，聲音不自覺變大。

「是啊，我也覺得這點非常棒。」

「真的呢！」

「嗯嗯。」

鄉田小姐用非常溫柔的表情守望我。我真的很喜歡這樣的笑容，看著這個笑容，會想要說更多話。這些念頭在腦海中浮現。

「後來……大家總算來到森林外面。」

「噢噢，總算到了！」

「大家在那裡看見森林裡頭絕對看不到的海洋……還有逐漸消失在海面下的美麗夕陽。」

「哦——他們看到海了呢。故事有個美滿結局。」

這個時候我的身體微微探了出去。

「一般都會這麼想吧！」

「嗯？不是那樣嗎？」

「關於這點……」

我稍微賣個關子，話說到這邊停住。我想要盡可能將這個故事有趣的地方確實傳達出去。是那樣的心願讓我這麼做的。

「關於這點？」

略為降低音量，我小聲說著。

「……波波爾看不見這些景象。」

這話一出，鄉田小姐恍然大悟地拍了一下手。

「……啊，對喔，波波爾的眼睛看不見。」

「是的。他的視力幾乎是零，都是透過聲音的反射來分辨周遭物體……雖然勉強可以知道那裡有光，但卻沒能看出遠方照射過來的夕陽有多麼美麗。」

這讓鄉田小姐困惑地皺起眉頭。

「咦，那這下該怎麼辦？」

「接下來是我非常喜歡的一段……」

「嗯嗯。」

我再次回想剛剛才看過的那段場景。

「大家一起——透過文字來說明這一切。」

「……哦哦！原來如此！」

一面回想那一段情境，我盡量代入情感，用朗讀的方式訴說。

「『出現了像火堆一樣讓人心曠神怡的光芒，它有如從空中飄下來的樹葉，在水面上蕩漾，閃閃發光，這些光芒就照在我們身上！』『那道光芒很強烈，好比是救助夥伴免受黑羊威脅的勇氣，又像是吃完飯後跟夥伴們一起喝湯的時光，給人一種溫暖的感覺，那道光芒足以包覆整座森林，正筆直射向我們！』就這樣，他們用大家的共同語言夫巴勒語，為了跟波波爾一起『看』那個夕陽，將夕陽的美透過文字傳達出去！」

那些話語就像是施了魔法一樣。

「是這樣啊……」

鄉田小姐看起來也在想像書中的景象，她看著窗外面帶微笑。

「這樣一來波波爾就可以跟大家一起『看』夕陽……」

「感覺這真的是個很棒的故事呢。」

「沒錯！」

「原來是這樣的故事啊……」

像是在咀嚼什麼似的，又像是在思考，鄉田小姐盤起手垂下眼眸。

我也一樣，可以跟自己喜歡的人一起分享美好故事，讓我非常開心，胸口暖洋洋的。

這個時候鄉田小姐突然說了這麼一句話。

「有件事情。」

「是的？」

當我跟鄉田小姐四目相對後，她一直在注視我的臉龐，臉上的神情有些不解。

「……這個嘛。」

「——能夠讓風香妳感動到流淚，那部分是出自這個故事的哪個片段？」

有人特別問我這個問題，讓我感到難為情，也覺得有點困擾。然而鄉田小姐看我的表情很認真，像是在問某種非常重要的問題。

因此為了盡我最大的力量給這個問題確切答案，我開始回想自己的心境是如何改變。

「我想應該是——波波爾原本就跟所有人都不一樣。」

「嗯嗯。」

「不管是外表還是種族，明明這些都跟他人截然不同，他還是沒有放棄，努力跟大家打成一片……」

一面說著，我心中掠過一絲異樣情緒。

「明明都被拒絕好幾次，但他還是認為只要能夠開口說話，只要使用言語就能和對方交心，因此願意挑戰無數次……」

「……嗯。」

總覺得這段描述不單只是在講書裡面的故事。

「就這樣努力到最後，他得到打從心底認可他的夥伴——交到了朋友，我覺得那看起來非常燦爛耀眼。」

「這樣啊。」

「所以我覺得很感動……才會哭。」

我懵懵懂懂地將自己感動的原因解釋完畢，鄉田小姐看似認可地點點頭，然後露出別具深意的笑容。

「我說，風香。」

那對雙眸亮晶晶的，好像興奮的孩子一樣，看起來真的非常有魅力。

「我是覺得，風香妳也能做到。」

「……妳說我能做到，是指什麼？」

明明已經隱約察覺了，這個時候我還是卻步了，不敢將心中的覺察轉換成言語說出來。

可是就在此時。

鄉田小姐總是一下子就飛越這片斷崖。

「──我覺得風香也能夠交到好朋友！」

那必定就是我一直在逃避，不敢直接面對的，同時也是內心某個角落一直在渴求的東西。

「……好朋友。」

「嗯！」

當我將這個字眼脫口而出，一股恐懼與迷惘形成的黑霧便於胸口油然而生。

「還是說，妳不需要朋友？」

這段言語搭配的語氣充滿對我的體諒。所以我沒辦法撒謊。

「……這個，我想、我是希望交到朋友的。」

「果然沒錯！」

那讓鄉田小姐拍了下手。

「我啊，之前還以為風香是對這種事情完全沒興趣的女孩子。所以說雖然有點不解，還是沒提起這件事。」

這又是在替我著想，是成熟大人才會有的體貼。

「可是聽妳說剛才那本書的故事，我就在猜風香或許也想要交到好朋友。」

「應該、是這樣的吧。」

因為被人說中了，我才有種整顆心赤裸裸呈現在別人面前的感覺。

「嗯，風香是一個非常棒的女孩子，班上同學們肯定也很想認識妳。」

「……大家也想認識我。」

那讓我不知所措。

「總之，我不會勉強妳。只是想說，妳若是想跟人商量些什麼可以來找我。」

「商量……」

我想了想，想著班上同學的事情。

想到大家跟我似乎不太搭得上線。

我是形狀跟大家不同的齒輪，原本就無法契合的齒輪沒辦法跟大家裝在一起旋轉。

我就是沒辦法抹除這樣的想法。

但假如事情並非如此。

能夠跟大家打成一片……或許是一件很棒的事情。

「……該怎麼做。」

「嗯？」

我拚命擠出那些話。

「該怎麼做才能跟大家交朋友？」

這話讓鄉田小姐的臉頓時亮了起來，她整個人朝我貼近。

「風香果然有慧根！」

在說完這句話後，她歪過頭發出一聲「嗯——」。

「若是要這麼做的話……我認為一開始可以隨便找個契機。」

「隨便、找個契機？」

鄉田小姐點點頭。

「一開始就隨便找個話題搭話。妳看，我跟風香一開始也只是美術老師和學生，圖書館的客人和圖書館管理員對吧？」

「是這樣沒錯……」

剛開始就只是很一般的上課，休息時間進行的是很公式化的對談，都跟借書還書之類的事情有關。可是不知不覺間，我們慢慢開始閒聊起來。

「就算沒有特別的契機，只要鼓起勇氣攀談，搞不好也是能夠交到朋友的！畢竟人與人之間就是這樣！」

「原來……說得對！」

人與人。總覺得這句話讓我有了勇氣。

明明種族都跟其他人不一樣，波波爾還是努力交朋友。

那我一定也能夠辦到。

因為言語有的時候也會變成一種魔法。

＊　＊　＊

隔天午休時間。

我決定稍微試著挑戰看看。

波波爾不管被拒絕多少次都不會放棄，我要像那個時候的他一樣。或許我也能夠站到閃耀的太陽底下。

而且鄉田小姐也說了。

重要的是要拿出勇氣，試著去跟別人攀談。

因此我也想像波波爾那樣去挑戰看看。

教室裡頭有些女孩子分成好幾個群體，正在用她們自己的方式遊玩。

有的小團體使用智慧手機，大家一起拍些影片。

有的團體表情豐富，開開心心聊著朋友的事情。

或者是圍成一圈唸著像是咒語一樣的話，興高采烈用手指在玩些遊戲。

我轉頭看向離自己最近、正在用手指玩遊戲的那個群體。

在那個群體裡的四個女孩子豎起大拇指，把手都伸出來，依序針對某些問題回答答案。

「換妳說說、看！」

「……前田敦子！」

「啊——！原來是這個！」

在她們四周此起彼落環繞的聲音比我的聲音還要高上好幾段，那開朗的氛圍就像是在排擠我一樣。彷彿聲音搭起一張有刺的鐵絲網，因此我之前都不曾靠近。然而今天的我穿過那個鐵絲網縫隙，悄悄地靠近她們。或許是我先架起這張鐵絲網的。

「……那個。」

我戰戰兢兢發出比她們還要低沉、不夠響亮的聲音，離我最近的高柳同學轉過來看這邊。

「嗯——？」

那對看著我的眼睛並沒有惡意，也沒有要加害我的意思，看起來單純只是感到疑惑。

就像在說「這個女生怎麼會跟我說話？」帶著這樣的疑問。

「怎麼了？」

「那、那個。我也……」

我拚命擠出聲音，聲帶微微地發抖。

「我也？」

接著視線不由得看向別處。

「我也想、一起玩……」

這話一出讓她們四個人面面相覷。

最後身為她們其中之一的津田同學開口了。她就像是這個團體的頭頭，最讓人印象深刻的是那對強而有力、眼角上揚的眼睛。

「咦，要一起玩也行……」

聽到對方二話不說就答應了，我打從心裡感到開心。

「真、真的可以嗎？」

「因為妳那麼說，我們也沒什麼理由拒絕……」

在那之後她跟另外三個人說了一聲「對吧？」，算是做個確認。接著另外那三人都跟著點點頭，我一下子就獲准進入她們的小圈圈中。

話說回來，進展順利。不管是奮不顧身嘗試，還是試著跟對方交談。

若是要交朋友，這些或許真的很重要。

「謝、謝謝。」

「不，用不著道謝……」

我一不小心就道謝了，結果其中一個成員三村同學苦笑著說了這麼一句話。

雖然算不上是嘲笑，感覺起來卻彷彿像是後退一步觀察我一樣，不怎麼友善。甚至可以感受到裡頭蘊含著些許在拒絕我的音色。

「啊，那個——對不起。」

當我說完這句話，原本在旁邊聽我們對話的津田同學有些冷淡地補上一句。

「用不著道歉啊……」

「是、是這樣嗎？」

「嗯。」

「我、我知道了。」

果然還是不對勁。

我每說一句話，現場的氣氛就變得更冷一些。

就好像我嘴巴裡面有放乾冰，吹出被乾冰冷卻的白煙，這四個人原本愉快的小世界被我吐出的話語逐步毀掉。

這樣的感覺讓我的身體變得越來越畏縮。

「對了，妳知道規則嗎？」

此時三村同學看似困擾地開口。

「規、規則啊？」

「嗯。玩換你說說看的規則。」

「換、換你說說看？」

聽我回問，三村同學大大地嘆了一口氣。

「不知道還玩什麼啊？」

「說、說得也是。對不起……」

「就跟妳說不用道歉了……」

說完這句話之後，她不再看我這邊。

在那瞬間又有一股尷尬、令人心頭發涼的沉默流過。錯不了了，這都是因我而起的。

「那、那該怎麼辦？要教她規則嗎？」

這時高柳同學窺探其他人的反應，同時開口，三村同學驚訝地接話。

「咦，哪有這麼多時間？只休息到三十分耶。」

「也、也對。」

像是要替她們二人的對話收尾，津田同學點點頭說「對啊」。

「嗯……那個，妳是菊池同學？」

「是、是的。」

「時間不太夠，下次再玩可以嗎──？」

氣氛因為我的關係冷掉了，對方說話的語氣很開朗，像是能夠將氣氛重新加溫到不至於結露的程度。

但話裡的意思等同是拒絕我繼續待在這邊。

感覺心臟瞬間緊縮了一下，心口那兒冷冰冰的。

「說、說得也是。對、對不起。」

「嗯，就說不用道歉了啊。」

用傻眼的語氣說完這句話後，三村同學皺著眉頭看我。

「話說——幹麼這麼畢恭畢敬啊？」

「那、那個……」

我不知道該怎麼回應才好，她也沒有繼續追問的意思，而是補上這麼一句。

「啊，沒什麼！那先這樣啦！」

那句話說的很開朗，卻是在跟我道別。

我在不知不覺間把氣氛弄僵，這明顯是在趕我出局。

「……好、好的。那我告辭了。」

而我就只能接受，乖乖離開現場。

我踩著小小的步伐從她們身邊離開，背影看起來肯定慘不忍睹吧。

我的小小挑戰一下子就失敗收場。

＊　＊　＊

「對、對不起喔？」

在放學後的圖書室裡。

我跟鄉田小姐說明在教室裡發生的那件事情後，她就一臉抱歉地垂下頭。

「沒、沒關係……不是鄉田小姐的錯。」

「可是我害妳勉強自己製造話題。」

鄉田小姐的表情好像沒有平常那麼明亮了，反而讓我感到內疚。可是像那樣去跟女孩子們攀談，我並不後悔。

因為這讓我有所發現。

「我並不勉強。」

「是、是嗎？」

「是的。因為能夠試著挑戰看看，我覺得很棒。」

這話讓鄉田小姐感到訝異地睜大眼睛。

「覺得很棒？」

看她那樣，我決定跟鄉田小姐說出從這次經驗中獲得的體驗。

「──在『波波爾』中，有個登場人物是住在森林湖泊中的火焰人。」

「那、那個，妳說火焰人？」

我突然提起這個，再次讓鄉田小姐錯愕地睜大雙眼。

「對。寫起來就是帶著火焰的人，所以叫做火焰人。」

「啊，原來是這幾個字啊。嗯嗯。」

鄉田小姐向前傾，擺出準備聽我說話的姿勢。

我邊回想在教室裡發生的事情，邊說出接下來想說的話。

「我肯定不是波波爾……而是火焰人。」

「……這話怎麼說？」

鄉田小姐對我露出有點不安的表情。

「看完那本書之後，我的心被打動了……想著也許自己可以像波波爾那樣，被大家接受。原本是這麼想的。」

「嗯。是啊。我原本也這麼想。不對，是我一直這麼認為。」

鄉田小姐的表情非常認真。

「但事實上卻不是這樣……雖然波波爾的外貌跟大家都不一樣，卻擁有能為大家有所貢獻的力量。即便不是出自其他任何種族，還是懂得使用能跟大家交朋友的共通語言，也知道那些共通傳說。」

「是這樣沒錯。」

「所以才能夠慢慢跟其他種族的人交上朋友。不過……」

我輕輕地調整呼吸步調。

「在這之中還是有些種族的人沒辦法跟大家變成好朋友。」

「沒辦法變成好朋友？」

我接著點點頭。

「那就是火焰人。火焰人的身體太熱……若是太過靠近生物或樹木，就會把那些燃燒殆盡。」

「……這樣啊。」

「必須一邊冷卻自己一邊生活，絕對不能離開湖泊，否則整座森林都會燒光。所以才沒辦法跟波波爾他們交朋友。」

「嗯，原來如此。」

只見鄉田小姐微微地點了好幾次頭。

「但這沒什麼好悲傷的。因為湖水裡頭也有屬於他們的社會。有好吃的食物，有能夠開開心心上學的學校，還能夠看很棒的戲劇演出。」

「喔——原來是各有各的居住地盤啊。」

我點了點頭。

「是的。因此就像人、精靈、波波爾沒辦法居住在湖水裡，火焰人也沒辦法到地面上居住。雖然『波波爾』是身為異類的主人公慢慢交到許多朋友的故事……但在這個故事中不是所有人都可以變成好朋友的。」

當我說完，鄉田小姐感佩地發出嘆息。

「是這樣啊。那麼『波波爾』其實是一個很現實的故事呢。」

「是的。所以我認為那個世界有它該有的理想姿態……」

而這也是我從這本書學到的重要道理。

「這個世界肯定也跟書中那個世界一樣，存在著井水不犯河水的居住地盤，而我跟大家住在不一樣的地方……我認為事情就只是這樣罷了。」

「啊——……原來是這麼一回事。」

我又回想起那件事。

今天午休時間。我只不過說了一些話，氣氛就莫名其妙冷掉，想起那種感覺。

這就表示我跟她們是不同世界的人吧。

明明不是故意的，但只是待在那邊就能讓她們凍僵。

她們跟我之間肯定存在溫度上的差異。

「不過，與其說我是火焰人……倒不如用雪女來形容更貼切吧。」

我一直有那種感覺，明明說的是相同的語言，雙方卻完全搭不上線。

不同的肯定不是聲音周波數，而是溫度。

原來會感到不對勁是因為這個啊，我自顧自地解釋。

「這個嘛，是有那個可能……『波波爾』果然是很成人世界的故事呢。」

「成人世界？」

鄉田小姐點頭回應。

「因為變成大人之後就會很清楚這個道理。我說大家都是好朋友，那只是好聽話，事實上完全不可能辦到。必須在某種程度上劃分開來，那樣才會讓事情進展得更順利。」

「說得也是……」

「不過，既然這樣……」

在那句話之後，鄉田小姐用有些俏皮的語氣說了這麼一句話。

「那我跟風香——如何？能不能當朋友？」

「……咦。」
她的話讓我驚訝了一下。
因為這件事我連想都沒想過。
「我跟、鄉田小姐、當朋友……」
「哎呀，是我會錯意了嗎？我一直都有這個意思喔？」
「嗯、嗯——……該怎麼辦。」
我認真想了許多。
「可是我跟鄉田小姐有一段年齡差距……」
「那有什麼關係？」
這話鄉田小姐回得理所當然。
「那個、可是我們是老師跟學生的關係……」
「那單純只是立場吧？」
這話我也認同。
「還、還有……我們的個性和興趣截然不同……」
「呃，這樣有點傷人。」
鄉田小姐邊說邊按住胸口，表現出非常悲傷的樣子。
「對、對不起。」
我趕緊道歉，鄉田小姐不知為何再次面露欣喜。

「總之——風香想說的我都明白了！……不過呢，不知妳是否也能明白我話裡的意思？」

鄉田小姐說完就跟著環顧四周，將整間圖書室看過一遍。

那目光充滿對這個空間的愛，最後那些視線也將我包圍住。

「假如妳又在某些事情上失敗，感到痛苦——這裡對風香來說就像是『森林裡的湖泊』，我想說的就是這個。」

圖書室瀰漫著靜謐的氛圍。有著令人心曠神怡的涼爽溫度，還有那願意包容我的嗓音。

我用全身全靈感受著這一切，接著我的身體突然間不再緊繃。

「……謝謝妳。」

「不客氣！」

鄉田小姐接著對我展露的笑容非常溫暖，對於身為雪女的我來說也宛如讓人舒暢的日光。

假如我跟波波爾一起看沉入海洋的夕陽，我想自己應該會將夕陽比喻成「有如這個笑容的溫暖光芒」，來對波波爾說明吧。

＊　＊　＊

後來過沒多久。

我迎接中學的畢業典禮。

接過畢業證書，領取最後的聯絡簿，我看著正在跟朋友道別的同學們。

雖然我並沒有交到真正的朋友，但也不是都沒跟任何人交談，還是有跟幾個座位在自己附近的女孩子說話。

「那就再見囉，風香。」

「好的。希望以後還有機會見面。」

「是啊——！」

班上充斥著離別與感傷，有別於平常的熱鬧，靜靜地流淌著。

在這之中的我最後想去見一個人，跟她說說話。

我悄悄離開教室，穿過照射進來的陽光開始帶點春意的走廊，來到教職員室。

敲敲門進到裡面之後，我轉頭環視教職員室。

「喔喔，原來是菊池。怎麼了？」

教國文的本村老師用輕鬆語氣問我。

「那個……鄉田……鄉田老師呢？」

我差點要說出鄉田小姐，趕緊改口。

「嗯——鄉田是嗎……她剛才好像跑去別的地方了。」

「別的地方……」

在我念念有詞地重複這句話之後，本村老師摸摸下巴上的鬍子，同時翹起嘴唇。

「鄉田有的時候會跑去別的地方。妳有什麼打算？要在這邊等她嗎？」

「啊、這個……」

我一時之間不知該如何是好，然後突然想到某種可能性。這是一種直覺，又像是基於我的願望才產生的，但不知道為什麼，我很有把握。

「沒關係。我先去找找看，待會再過來。」

「這樣啊。恭喜畢業，菊池。」

「好的，謝謝老師。」

我邊說邊深深一鞠躬，並離開教職員室。

接著前往——圖書室。

「……這裡。」

希望她在這，這是否只是我一廂情願的願望。但總覺得我非來這不可。

「……打擾了。」

我邊說邊入內，在那——

「……風香!?」

鄉田小姐就坐在圖書室裡的椅子上。

「妳……妳好。」

當我說完，鄉田小姐便眨眨眼睛。

「妳好……是說妳怎麼在這？今天明明是畢業典禮。」

「那個……」

面對看似驚訝的鄉田小姐，我老實說出理由。

「因為我猜鄉田小姐……可能在這。」

話一說完，不知為何鄉田小姐用亮晶晶的眼神看我。

「……這是什麼！風香真的好可愛喔！」

「妳、妳過獎了……」

我轉眼間就被對方牽著鼻子走，而鄉田小姐對我招招手，要我過去。

圖書室跟平常一樣安靜，但又有著平時沒有的離別氣息，我穿過圖書室來到鄉田小姐旁邊坐下。

「啊，對了。」鄉田小姐說完先是笑了一下。「說到我在這的理由啊……」

她笑完得意洋洋地補上這麼一句。

「……妳在這的理由？」

在我重複鄉田小姐的話後，她指了指放在桌子上的那本書。

「妳看——！」

「這是……」

放在那裡的書是《猛禽之鳥與波波爾》。不過，鄉田小姐為什麼要將這本書放在我眼前。

「風香，妳不是說過嗎？」

「我說過？」

鄉田小姐點點頭。

「說我們的個性和興趣截然不同。」

「啊……」

那是鄉田小姐問我「能不能交個朋友？」的時候，我對她說的話。

「雖然我說年齡和立場都不重要。但在個性和興趣這方面，或許真的像妳說的那樣吧。」

「……是的。」

「所以說，我就慢慢把這本書看完了！果然非常有趣呢！」

「咦……」

當鄉田小姐說完那些，她露出調皮的笑容。

「如何？這樣是不是就能跟妳當朋友了？」

那句話不由得讓我心頭一熱，但又覺得有點錯愕，錯愕到想笑。

一定是因為我聽了太開心的關係。

「鄉田小姐……不知道該算是成熟，還是孩子氣呢？」

「咦，這是什麼意思啊。」

鄉田小姐說話的時候故意裝出生氣模樣，我覺得就連這點也很可愛。

「沒什麼……我很高興。」

輕輕觸碰那本書的封面，我對鄉田小姐說出心裡最真的想法。

「呵呵，太好了。」

然後這次鄉田小姐微微一笑，這是很成熟的笑容。

她用力摸摸我的頭。

「風香，恭喜妳畢業。」

就這樣，我交到有史以來第一個成年友人，接受她給的畢業祝福。

「好的……謝謝妳。」

……我是從什麼時候開始變得這麼愛哭。

鄉田小姐那充滿女人味的纖細手指好溫暖，讓我不由得又流下眼淚。

＊　＊　＊

在那之後，過了幾個禮拜。

我成了高中一年級生。

換了一間學校，人際關係方面幾乎都要重來，原本我的朋友就不多，這下更覺

得班上飄蕩著一股尷尬的氛圍。

話雖如此，我並非完全沒有說話的對象。還是有跟調性和我差不多的文靜女孩子們交談。

但是否能夠將她們稱為「朋友」，這我還沒自信斷言。

最起碼像波波爾那樣費盡唇舌才得以尋覓到的關係，能夠有自信斷言那些是他的夥伴、彼此間構築的燦爛關係，我自認是還沒能力達到的。

而且在這間學校裡頭，不存在有鄉田小姐在的圖書室。

為了逃離令人有些發寒的氛圍，我逃進這間學校的圖書室，然而那兒就只有一大片單獨隔開的空間。其中存在好幾個小世界，這點反倒讓人更加寂寞。

以前就讀中學的時候，還沒跟鄉田小姐說上話之前，我總是渴望有獨處的空間，擁有這樣的空間就心滿意足了。可是現在沒有「朋友」能夠接納那樣的自己，總覺得好寂寞。

那就像是原本披著的毛巾被拿起來，剎那間浮現一絲冷意。

突然有一陣乾燥的冷風吹進溫暖之處。

這件事情令人莫名傷感。

而就在這一刻，我在圖書室又有了新的邂逅。

＊＊＊

「……啊。」

升上二年級之後，一下子就進入四月。

在換教室之前，我利用休息時間前往圖書室，結果發現已經有人捷足先登了。

若我沒記錯，那是跟我讀同一個班級的男孩子。

那個男孩子一個人在看書。

我感覺到心裡出現一絲悸動。

那個男孩子會像這樣利用短短的休息時間特地到圖書室看書。光只是這樣，肯定就讓我把他當成同伴了吧。

不過——不只是這樣而已。

「……咦。」

因為那個男孩子在看的小說。

它曾教會我重要道理，給我機會認識鄉田小姐這位「朋友」——是我最喜歡的麥可・安迪之作。

後來在不知不覺間，休息時間來到圖書室變成一種樂趣。

鄉田小姐不在那裡。可是那裡有個喜歡麥可・安迪的同好。

雖然還沒機會跟對方說話，但我已經把對方當成志同道合的人了。

就在這個有多少書就有多少世界的沉靜空間中。

我不禁覺得自己再也不是孤單一人。

甚至開始幻想如果有機會說上話，我們在各方面都會很契合。

要不就乾脆——該怎麼辦？

要去跟他說話，聊聊安迪的作品嗎？

以前我沒能跟大家打成一片，但或許可以跟這個男孩子變成好朋友。

那是因為——我想起來了。

想起波波爾交到第一個朋友的契機。

他遇到——跟自己一樣喜歡某個傳說的同好。

那依此類推，既然那個男孩子也喜歡同一個作者寫的故事，或許真的能夠跟他交朋友也說不定。

可以在好幾個廣大世界中共享同一個世界。

因為波波爾也是透過這種方式交到朋友的。

我一直把自己當成火焰人跟雪女。

但若是現在——也許我能夠成為波波爾。

可以找到某樣東西，來改變眼前這片灰色的景色。

一點一滴，這樣的想法越來越真實。

「……嗯。好。」

在那之後兩個月過去。

在這個圖書室中。我再次鼓起勇氣。

去呼喚那個男孩子的名字。

——友崎同學。

5

日記
第二年 / 五月～

5月3日

進入關友高中就讀已經滿一年了。

我升上二年級。

開始上高中之後都會不定期寫這些日記，現在已經寫到第二本了。

我寫這段文章是要給誰看的呢？

要給未來的自己嗎？

還是單純只是在練習寫文章？

或者——寫在這裡的，其實都是想對「朋友」說的話？

這點我目前也還不清楚。

今天的校園生活也一如既往平穩。

6月7日

今天遇到很棒的事情。

放學路上順便去書店一趟，看到之前都沒買到的安迪作品。

那是年代有點久遠的短篇集，雖然有些短篇故事已經收錄在我有的短篇集中，但封面設計實在太棒了。

甚至讓我想著「好想拿給鄉田小姐看看」。

對了對了。還有就是今天我跟常常在圖書室看到的同班同學友崎同學說話了。

不過也只是碰巧有機會說話。

是坐在我前面位子的泉同學先跟我說話，我才順勢借面紙給友崎同學。

雖然因為事情來得太突然，讓我說話變得結結巴巴，總覺得當時好緊張。

若是當時有問他安迪作品的事情就好了。

但是我太緊張就沒問。

不知道友崎同學的蛀牙嚴不嚴重。

6月11日

今天再次發生讓人驚訝的事情。

那就是友崎同學來我打工的漢堡店。

而且還是跟同班同學日南同學一起來的。

之前很少看到友崎同學跟朋友一起，最近情況好像變了。

讓我有點意外。

看起來就好像火焰人跟人類變成好朋友一樣。

看在我眼中非常不可思議。

難道友崎同學是波波爾？

還是火焰人或雪女其實都能跟人類變成好朋友？

我不知道答案。

但就是因為不知道才想去思考。

「波波爾」書裡的登場人物在我腦海中盤旋，我甚至把這個故事跟就讀班級重疊在一起。

「波波爾」真的是一個很棒的故事。

6月17日

今天是我第一次跟友崎同學像樣的說話！

在圖書室裡，我鼓起勇氣找他說話！

感覺心臟一直在跳，而且覺得自己說太多話太奇怪了。

但可以讓對方明白自己也喜歡安迪的作品，我非常開心。

還有……我在興頭上一不小心連那件事情都講了，直到現在還是覺得有點難為情。

那件事情。印象中好像都沒在這些日記裡寫過。

那就是我現在正在寫小說。

總有一天希望能把我的小說拿給同樣喜歡安迪作品的同好看。

若是拿給友崎同學看，他會有什麼樣的感想呢？

光是想到就覺得心情七上八下，又好像輕飄飄的，好奇妙的心情。

我很慶幸自己有嘗試去跟友崎同學交談。

弱角友崎同學

The Low Tier Character "TOMOZAKI-kun"

6 車站前的寒冷早晨

來到第二學期後半。這段時間都在為文化祭做準備，這天是某個休假日。泉優鈴很煩惱。

「最近情況不太對勁！」

她一邊喝著星巴克的焦糖星冰樂，邊對坐在正對面的川口睦美訴苦。

「哎呀別著急——只是所謂的倦怠期吧。」

「咦——……」

聽到川口說得事不關己，泉嘟起嘴唇。襯衫的領口大大敞開，土耳其石項鍊露在外面。

「總之，這種時候才要忍耐吧？」

「我們才交往不到半年啊!?今天我也有約他，但他只說很忙沒空……」

泉說到這邊開始唉聲嘆氣。

話說她的煩惱，就是男朋友中村修二最近都不太陪她一起玩。

「但畢竟修二同學看起來是一下子就會覺得膩的那種人，這也是沒辦法的吧？」

「啊，別說他很容易喜新厭舊……這樣我會不安……」

看到泉對自己無助地說了這些，川口皺起眉頭。

「嗯——但我想他應該不會外遇啦。」

「別說了……也別提到外遇。」

那讓川口笑了一下。

「啊哈哈，幹麼啦。我明明是說他應該不會啊。」

「我就不想聽到這個字眼嘛——！」

泉說著，整個人都趴到桌子上。

「唉，好啦好啦對不起喔——」

「討厭——！妳不要隨便回答啦——！」

泉拚命抗議，川口則是選擇敷衍她，那樣更讓泉焦急。

但事實上，最近兩個人一起出去玩的次數確實減少許多。就算泉約中村出去玩，他也會說「我很忙」或是「已經有約了」，沒辦法配合泉的邀約，因此讓她的心跟著不安起來。因此泉才想要跟中村好好談談，試著再次邀請對方卻又被對方拒絕，令她更加不安。陷入惡性循環。

「但他也有可能是跟男生有約吧？」

「嗯——……是這樣嗎？」

「這我也不清楚啦。」

「妳又來了——！」

泉大喊的時候配上生動表情。

「優鈴真的很有趣呢～」

「一點——都不有趣好嗎！」

然而那看在旁人眼中只像是泉在杞人憂天，並沒有把事情想得太嚴重。

＊　＊　＊

不過在發生某件事情之後，情況出現劇烈的變化。

「吶……優鈴，妳聽說了嗎？」

「嗯？」

在開始上課前的教室裡。

泉順著川口的聲音回頭，結果看到表情比平常更認真一些的川口。

「怎、怎麼了？」

那模樣令泉感到不安。只見川口壓低聲音，用只有泉聽得見的音量說了這番話。

「好像有人看到。」

「看、看到什麼？」

「就是……修二同學他──」

當對方一說到這個字眼，泉的心臟就開始跳動了。

「修、修二他？」

她原本就在煩惱背後是否有什麼隱情，又在這個時候聽到那個名字。泉腦中浮現不祥的預感。在心中祈禱，希望都是些無關緊要的傳聞。

然而川口的神情依然很認真，她開口了。

「聽說修二同學——跟其他的女孩子單獨走在一起。」

「咦……」

泉覺得自己心中突然間開了一個小洞。頓時露出虛脫的表情，不知道該對這件事情懷抱怎樣的想法。

「兩、兩人獨處？」

「嗯。」

但目前還不能確定。無法判斷事情是否如自己懼怕的那樣。

盡量讓自己保持平常心，泉跟川口確認幾件事情。

「是、是什麼時候發生的？」

「就是上一個、星期天。」

「……那是……」

星期天。這天中村拒絕泉的邀約，泉去找川口訴苦。

當時中村去見其他的女孩子。

「……地點是在？」

「我想想，聽說是隔壁班的小真看到的，在Lake Town。」

「……這樣啊。」

泉心中出現陰霾。越谷Lake Town。那是學生假日約會常常會去的大型購物商場。

「應該……沒有看錯吧？」

「嗯……應該是。小真說是就近清楚看到的。」

「原來是、這樣。」

「搞不好只是長得很像的人……」

「嗯，是嗎？我知道了，謝謝。」

泉覺得自己快要不能呼吸。彷彿胸窩被保齡球打到一樣，給人又沉重又苦悶的感覺。

這時川口擔憂地看著泉的臉，輕聲詢問。

「……該怎麼辦？」

「這個……」

泉不知所措。

聽到這些後，自己該做些什麼才好？

直接去問中村，這也不失為一個辦法。

假如他說星期天是去做別的事情，或是拿那個時候拍下的手機照片給自己看，還是秀出其他東西都好，這樣就能夠確定是認錯人。

又或者是他真的有去 Lake Town，但那個女孩子只是普通友人，他們是一群人一起過去玩的，只是當時碰巧剩下他們兩個一起行動，也有這種可能。倘若他們兩個真的是單獨出遊，明明都有女朋友了怎麼還幹這種事情——這點讓泉有點介意，但她依然認為對方若能夠跟自己坦承這些，那就沒關係。當然在感情層面上會覺得有點厭惡，但泉不希望在這方面也把中村管得死死的。

「我……」

只不過泉不曉得是否該直接去問他本人。

特地去確認就等同在懷疑中村，就算他們是男女朋友好了，連沒見面時做些什麼都要追根究柢，那樣就好像在束縛對方一樣，這不是泉樂見的。

當男女朋友不會去過問彼此的私事，能夠互相信任。

泉希望他們之間的關係是如此。

「……我想要再試著、多相信他一些。」

「嗯……這樣啊。」

既然當事人都這麼說了，川口也不好繼續說些什麼。

就這樣，泉將掉進心裡的一顆疑慮種子悄悄放到一旁，回去過平常的學園生活。

＊　＊　＊

「……唉。」

下一個假日到來。泉重新審視幾天前跟中村在 LINE 上的交談畫面，嘴裡發出嘆息。

『下星期六有空嗎？』

『我有點事情要做。』

『這樣啊！了！』

這下子假日邀對方一起出去玩的邀約就被人連續拒絕三次了。

之前星期六的時候，他們兩人都會騰出時間，平日裡若是遇到節慶放假，常常都會一起出遊。而現在卻突然面臨這種狀況。

目前還難以判斷泉最害怕的情況是否已經出現，但她也不懂事情怎麼會變成這樣。

帶著鬱悶的心情，泉將臉埋進枕頭中「噗呼——」地吐氣。被枕頭反推回來的溫暖空氣弄溼了臉頰。

「……還是來準備準備。」

說完這句話，泉起身沐浴，換上露肩的白色厚針織衫，搭配灰色的格子圖案窄裙，將妝化好。

披上大衣，在玄關那邊穿上黑色長靴後，她朝著車站走去。

搭上電車，最後來到大宮站。

「嗨。」

「嗨嗨——」

「唷唷——」

這裡是大宮東口。來到約好的會合地點「小松鼠多多」銅像前，她跟已經在那邊等待的川口和神前真央打招呼。幾分鐘之後，紺野繪里香也過來找她們，四個人一起前往位在西口那邊的「ARCHE」。

「欸——今天超冷的？」

「就是說啊。」

當川口附和完，紺野就搓搓手，想要把手弄暖。

「早知道這樣，應該穿厚一點的絲襪——」

一邊閒聊，她們四個走到附近的「ARCHE」裡頭。泉將自己的注意力放在對話上，以免自己沉浸在不安中，但在內心的某個角落，她就是忍不住去想中村的事情。

＊　＊　＊

「啊，這個好可愛！」

「對了優鈴，妳之前是不是也買過類似的款式？」

「咦，有嗎？長什麼樣子的？」

「就大概是這個樣子，買的是黑黑鬆鬆的款式。」

泉和神前正在評鑑商品，分享彼此的感想。

「咦——！跟那個完全不一樣啦～那個雖然是蓬鬆蓬鬆，但這個比較偏向蓬鬆飄逸。」

「不、不對吧，雖然我不是很懂……」

神前用很困擾的眼神看著為了極微妙差異糾結的泉。

「優鈴——妳來一下。」

「嗯——？」

叫泉名字的人是紺野。她穿著黑色騎士外套站在大鏡子前面，同時望著泉。

當泉走過去，紺野便轉轉身體讓她看看全身，並且這麼問。

「妳覺得怎樣？」

雖然這句話問得輕巧，但紺野特地把泉叫過來，要尋求她的意見，這表示她對泉在衣著方面的審美觀很有信心吧。這讓泉很開心，開始專心觀看紺野試穿的騎士外套。

剪裁成緊身款式的合成皮騎士外套正好貼合紺野的身材，那纖細身軀看起來更緊致了。

「跟妳很搭！……不過……」

「不過？」

「繪里香的身材很好，或許挑短一點的會更合身更適合妳？」

這話一講完，就讓紺野頗有同感地點了一下頭。

「啊──或許是喔。謝啦。」

簡短說完後，紺野脫下騎士外套，將它放回原來的位置上，重新物色衣服。不曉得該說這種時候的紺野是坦率還是不坦率，但泉很喜歡這樣的她。

這個時候泉突然注意到某件外套。

「啊，繪里香，這個怎麼樣？」

「嗯，我穿穿看。」

「嗯。」

如此這般，泉表面上看起來就像平常一樣開開心心購物，其實她心裡有種不安的感覺在沸騰。

在想現在這個時間點上，不曉得中村在做什麼。

＊　＊　＊

那四個人在「ARCHE」中由上而下依序逛過一遍，買完東西後來到另一個目的地，那是一間有名的鬆餅店。在原宿和澀谷那邊也有分店，吃起來鬆鬆軟軟的鬆餅小有名氣，是一間很受歡迎的店。

坐到位置上點完餐之後，等了一會兒，質感類似舒芙蕾的四份鬆餅端到她們四個人面前。

神前為這份重量感和美好視覺享受發出歡呼。

「超強！這超上相的。」

一面說著，她開始從各種角度拍攝照片。

「這個看起來確實很好吃。」

「我也覺得～」

其他那三個人也分別拍起自己的鬆餅，互相確認彼此拍出來的效果。面對鬆餅，四個女高中生都拿起智慧手機招呼，這已經是時下很常看到的景象了，周圍也有幾個跟她們類似的團體零星坐落於各處。

「糟糕，優鈴的鬆餅看起來超豐盛。」

這時紺野用很佩服的語氣說道。

「對吧～？」

「優鈴每次都很會拍照呢。」

「會拍照又沒什麼！」

紺野跟泉感情要好地聊天。旁邊的川口看著泉手機的畫面接話。

「咦──看起來不錯嘛！啊！等一下傳給我！」

「OK——！」

就這樣，結束攝影大會後，她們接著開吃。

「開動了！」

泉邊說邊拿起另外用容器裝的楓糖，淋到鬆餅上，那些楓糖帶著蜜糖色的亮光沿著鬆餅流到盤子上。楓糖慢慢流下來的軌跡更加突顯鬆餅的柔軟。

跟淋楓糖漿之前截然不同，華麗的樣子宛如珠寶盒一般，讓那四個人不禁看到入迷。

「咦，不妙。這個也要拍一下。」

此時紺野情不自禁開口。

「就是啊！」

「我也這麼覺得！」

緊接著鬆餅攝影大會再度展開。

＊　＊　＊

最近在這四個人之中，雖然大家什麼都沒說，但她們隱約知道有個禁忌。

「對了，睦美最近跟橋口進展如何？」

「咦，這個嘛……這陣子一起去過迪士尼樂園。」

聽到神前這麼問，川口害羞地回應。

「咦？兩個人一起去？」

「嗯，對……」

「搞什麼!?那就等同在一起了嘛！」

只見神前興奮地叫嚷，一旁的紺野插話「他沒跟妳告白？」。

「嗯……就一起過去一起回來，沒什麼特別的。」

「咦——這算什麼。像中學生一樣。」

津津有味地吃著鬆餅，紺野為川口這番話苦笑。

「也、也是啦……那妳們覺得這代表什麼？」

當川口不安地問完，泉吞下鬆餅，接著開口。

「嗯——應該是橋口想要守住安全防線——」

情況就像這樣，大家各自聊起自己的戀愛話題，時而開開玩笑鬧得不亦樂乎。

這個時候她們私底下都注意到某個禁忌了。

那就是去講跟「泉和中村」有關的話題。

這次聊天的主題是戀愛。若是自然而然進展下去，就算講到泉跟中村的事情也不奇怪，但大家都沒有去提及。因為她們不敢去提。

除了紺野，其他那三個人有時會聊到關於中村的可疑目擊傳聞，但因為紺野在場，她們才都沒有提及。

在聊天的時候都會繞過某個區塊。因此像這樣閒聊到一半，在某個時間點上大家就會為了避開那個話題去找別的話題，時而出現微妙的停頓。

「……然後……」

「嗯——……」

如今那個瞬間就出現了。川口和神前都發現話題快要轉向泉那邊，因此打算找出別的談話方向。這形成絕妙的尷尬氛圍，而她們又不能去觸碰根本原因，讓這幾個人之間的氣氛變得更加僵硬。

「——對了。」

這個時候插嘴的人是紺野。

「嗯？」

在泉做出回應後，紺野臉上的表情沒變，嘴裡理所當然地說了這麼一句話。

「優鈴最近跟修二進展如何？」

就在那一刻，現場氣氛整個僵住。其他三個人都把這話題當成禁忌，而促成這個禁忌的始作俑者卻一腳踏進話題中心。

那三個人面面相覷，開始去想接下來可以說些什麼。

「沒啦，我的意思是——」

然而接著發話的人依然還是紺野。

「我是不知道妳們在刻意迴避什麼——但我對那些其實一點都不在意。」

她用平板的視線看著泉，嘴裡這麼說。

乍聽之下不怎麼親切，但從話語之中可以聽出她的體貼，想要除去有如結霜一般的疙瘩，這肯定是班級女王在用她的方式替別人著想。事實上她不可能不在意。只不過她更願意為朋友著想吧。

那讓泉驚訝地屏住呼吸，最後緩緩點頭。

「嗯……也對，抱歉我們太刻意了。」

「真的很刻意。那樣反而讓人更火大。」

紺野說話的時候挑起單邊眉毛。表情算不上柔和，但看起來也不像在不爽。

「那麼，那個……有件事情也想跟繪里香商量一下，可以嗎？」

＊　＊　＊

「咦，有這種事？」

「嗯、嗯……」

後來泉就把她跟中村的現況說給對方聽——也就是一起去出遊的次數變得少到

不行，而且還有人看到中村跟其他女孩子在一起。

「真假？那不就糟了？」

紺野臉上表情有點驚訝。

「果然、不妙……？……嗚嗚。」

那讓泉頓時臉上神情一暗，頭跟著低了下去。

「不、不會啦，應該不至於，優鈴！」

「就是啊！修二不會幹那種事情啦！」

看到泉好像想得有點負面，神前和川口馬上拿話鼓勵她。

「嗯──我是覺得還好應該沒那麼慘。但修二的話，有可能真的去做。」

那些話被紺野無情否決。

「也、也對……其實我也在懷疑。」

看到泉點頭，紺野也跟著點頭回應，那兩人神情凝重地皺起眉頭。

看她們這樣，川口和神前小聲交談。

「欸，這兩個人都喜歡修二同學吧……？」

「嗯，那為什麼這兩人是最懷疑他的……？」

她們彼此互看，覺得難以理解。

一旁的泉和紺野正在煩惱。

「總而言之，今天也被拒絕了吧？那直接問他現在在做什麼是不是比較好？可以用 LINE。」

「咦——但這樣他可能會覺得我給他太大壓力……」

「啊——的確是。那不然……」

話一說完，紺野看向川口和神前。

「派睦美和真央去問吧。」

「啊！原來可以這樣！」

「厲害吧。」

這是一個簡單的點子。不讓泉親自去問，而是叫其他人裝作若無其事去問，然後再跟泉說就行了。至少在班上發生那場大衝突之前，紺野這幫人和中村集團之間的關係都不錯，川口和神前都能夠跟中村輕鬆取得聯繫。

「不過，該怎麼問？」

「嗯——總之這個先借我用一下。」

在紺野說完後，不等川口回應就拿走她的手機。

「啊、嗯，請用。」

「我看看……」

手機被人拿走了才開口應允的川口，對上順理成章操控那支手機的紺野。從中可以看出顯而易見的階級關係。

紺野先在川口的 LINE 中打開跟中村的對談畫面，接著輸入『現在在做什麼？』

獲得川口的允諾後，再把訊息發送出去。

然後接著按上傳照片的按鈕，傳送剛才拍下的鬆餅照片。不只是自己的鬆餅，那張照片還拍到神前的身體跟其他人的鬆餅等等，是從遠處拍攝較多人事物的遠景照片。

確認這個訊息傳送出去後，她接著打『我現在在吃這個』。

「——大概這樣就行了吧。」

「喔——」

只見神前發出感嘆聲。

「這是在釣魚吧。」

川口也恍然大悟地點點頭。

先問對方現在在做什麼，然後拍個鏡頭拉遠的照片來傳達目前狀況。沒有直接跟對方說「你傳個照片過來」，而是要吸引對方自然而然回傳相同形式的LINE訊息，傳這樣的訊息有釣魚作用。

「這樣一來對方應該也會傳送照片吧？但對方畢竟是修二，他有可能完全無視這部分的暗示，直接回訊息而已。」

「哈哈哈……有可能。」

一邊苦笑，看到紺野快狠準採取行動就為了化解自己的不安，讓泉覺得她很可靠。自己在跟紺野原本就很喜歡的人交往，她卻願意這樣積極幫助自己。紺野其實也有很照顧人的一面。可怕的時候又很可怕，直到現在泉依然認為她之前去霸凌別人不太好，但她就是不討厭紺野。

「啊，他已經看了。」

「咦！」

聽到紺野那麼說，泉發出驚叫。一方面是為接下來即將看到的回傳訊息感到緊張，一方面是覺得自己傳 LINE 過去的時候對方也不會這麼快看，讓泉感到莫名嫉妒。

「不曉得他會傳什麼。」

這時川口用有點興奮的語氣接話。雖然泉正感到不安，但那畢竟不是發生在自己身上的事情。再說目前也不確定中村外遇。因此她們還是樂觀看待。

等了一下子，中村回傳訊息了。一切按照作戰計畫進行，那不是單純的文字訊息，而是照片。

他傳來水澤孝弘在家庭式餐廳吃漢堡的照片，然後補上一段簡短的文字『現在在跟孝弘一起吃飯』。

「什麼嘛——」

那讓泉放心下來，鬆了一口氣。

「妳看吧？就說妳過度擔憂！」

川口在這時拍拍泉的肩膀，張大嘴笑著。

「就是啊～畢竟你們這麼恩愛，一般來說哪有可能外遇啊。」
神前也跟著一搭一唱，得意洋洋地補充。
「也、也對。對不起害妳們擔心了……」
泉話還沒說完。
紺野就在此時注意到一件事情。
「等等——妳們看這個。」
她將顯示照片的智慧手機放到桌子上，擴大某個部分。
那部分照到某樣東西。
「……咦。」
「不是吧？」
「呃……」
其他那三人發出的聲音聽起來很不妙。
紺野用手指指著的是——一個套著明顯是女用手機殼的 iPhone。
「這不是修二的東西，也不是阿弘的吧？」
雖然這形同不打自招，但泉依然保持一線希望向大家做確認。
「是啊。」
只見紺野冷靜地點點頭，眉頭緊皺。
「不過孝弘也在那邊，就算有女孩子在場也不能斷言是外遇……」

「嗯。」

聽她這麼說，泉點點頭。接在那句話之後，泉跟著開口。

「為什麼……要瞞著我。」

＊＊＊

在那之後，這四個人針對相片背後的真相激烈辯駁。

「我看他會有所隱瞞，肯定有古怪！而且是用我的 LINE 發送訊息，他卻還是隱瞞真相，未免太過分了吧？」

聽到川口這麼說，紺野歪過頭。

「雖然發送訊息的是睦美的 LINE，但對方可能認為優鈴也在這吧？」

「啊——對喔有可能。我們又沒說這邊有誰在。」

只見紺野點頭回應。

「話說回來。那邊有修二跟孝弘這兩個男生，卻只有一個女孩子，未免太奇怪了？通常這種情況下還會有另一個女生吧。」

面對紺野的推測，川口驚訝地張開嘴巴。

「咦，也就是說他們在聯誼嗎？」

那句話讓紺野再一次點頭。

「畢竟對方是修二跟輕浮阿弘嘛～這也是有可能的啊？竹井不在就是證據。」

「啊哈哈。說他是輕浮阿弘。」

神前為紺野給的微妙外號哈哈大笑。

「……嗚嗚。」

這讓泉越來越消沉。但這也難怪。畢竟她的男朋友跟別的女孩子在一起，而且還隱瞞此事。

這時紺野苦笑著拍拍泉的肩膀。

「到底是什麼情況都還不清楚吧。也有可能是嫌麻煩才隱瞞不說……妳若是太相信這樣的說法導致之後傷害雙方關係也得不償失啊。」

「……嗯，說得也是。」

泉的臉色好看不起來。看她露出那樣的表情，紺野先是想了一下，接著補上這一句。

「總之，如果妳真的那麼介意，就這麼辦吧。晚上回去之後再問孝弘就行了。問他另外還有誰在。現在就傳訊息過去問那支手機是怎麼一回事，未免太咄咄逼人，感覺不是很好。」

聽到紺野給的提議，泉的表情變得比較開朗了。

「啊，對喔。這樣或許比較不會有問題。」

紺野點點頭。

「假如對方就很平常的說那邊也有女孩子在，那單純只是朋友。若是他說就只有他們兩個男生，這就表示孝弘也是共犯。」

「……這樣啊。嗯，就那麼辦。」

這時泉帶著決心頷首。

「繪里香。謝謝妳。」

「這也沒什麼啦。」

嘴上隨意回應——紺野私底下猶豫了一下。

該說這是女性的直覺，還是女王的預知能力？總之她有種微妙的預感。

是不是該在這個時候多加那句話？還是別說比較好？

那句話就是——我個人覺得妳還是別去追問比較好。

＊　＊　＊

那天晚上。泉躺在床鋪上，手心裡都是汗，一邊操作智慧手機。

畫面上出現 LINE 的對話框。

發送對象是水澤孝弘。

腦海中盤旋著各式各樣的思緒，泉打起文章。

假裝什麼都沒注意到，隨便找些事情來閒聊，這樣好嗎？可是在這個時間點上突然找些事情來閒聊也很不自然，更重要的是水澤這個人很敏銳，很有可能嗅到事情不對勁。

那是不是該反過來老實跟他說自己感到不安？

但這樣一來水澤很有可能將此事告知中村。若事情真的變成那樣，那對方就會覺得這個女人令人喘不過氣來，泉不希望那樣。

既然如此就乾脆故意那樣問好了。

將文字打完之後，泉把訊息送出去。

『吶吶。』

『今天你跟修二兩人一起出去嗎？』

這段文字看起來很簡單，沒有額外加多餘的訊息。

如此一來對方應該很難看出自己這麼問是基於什麼用意。

用手按住心跳得越來越快的胸口，泉打開首頁，等待對方回傳訊息。

假如他說還有其他女孩子在，那他們就是清白的。

反過來說，若他承認只有他們兩個——那就有鬼。

將智慧手機丟到床鋪邊緣，泉趴倒在床上。這個時候突然冒出一則通知，訊息回傳得太快，讓泉整個人抖了一下。

她趕緊掀開棉被拿起手機，看到畫面上出現通知。

出現在通知欄的訊息內容如下。

『是啊就我們兩個。』

『為什麼問這個？』

再一次，泉靜靜地倒在床上。

＊　＊　＊

接下來這幾天。泉都對中村傳來的 LINE 訊息視而不見。

講是這樣講，其實也只是沒有去回中村好幾天前傳來的 LINE 訊息，讓他們的對話中斷，中村並沒有另外傳其他的訊息過來。在學校裡頭泉故作冷淡，對方也沒有提及這件事情。因此說這是視而不見不知算不算貼切，但那是泉小小的反擊。

泉是這麼想的。

——恐怕自己沒回傳訊息對他而言也沒什麼大不了。

光只是中村回傳的訊息比較晚一點，她都會覺得坐立難安，可是自己像這樣都沒去理他，他卻一點都不介意。

這件事情讓泉感到莫名悲傷、落寞，開始懷疑自己之前為他做的那些都算什麼，變得有點自暴自棄。

「嗯——！」

泉貼著枕頭，蓋住她發出的喊叫聲。這種行為只是在抒發情緒，讓她的心更加不安。

「……討厭。」

她回想從前跟中村在一起的種種。

像是在公園被告白的事情。

在假日鼓起勇氣試著去握對方的手。

他們第一次兩人獨處，到中村的家去。

頭被人輕輕搓了一下，當時那動作帶來的溫度。裝作沒在看自己，實際上卻在看她的表情。

自己動不動就去想中村的事情。

總是她在追逐他，他彷彿會去到某個讓她再也抓不到的地方，因此泉總是在掛念他。

可是對他來說，必定也把注意力放在她之外的許多事物上吧。

例如——那個時候跟他在一起的女孩子。

不曉得身為那支 iPhone 主人的女孩是怎樣的人。

穿的衣服是走什麼風格。會不會跟我很像。還是完全不同風格。

……是不是比我更可愛。

轉動著超量運轉的腦袋在想這些事情，想到最後——

「嗯嘛————————！」

泉對著枕頭發出更大的聲音。

＊　＊　＊

時間來到隔天。發生了那件事情。

早上。泉的手機在震動。

她被震動吵醒，映照在手機畫面上的「修二」這串文字竄進泉眼中。

是中村要透過 LINE 跟她通話。

「……咦。」

泉身上的瞌睡蟲一下子全被趕跑了，取而代之的是一股不祥預感。

這幾天她跟中村都沒有任何互動。

而且幾天前才發現中村有些可疑舉止。可能在外面有女人。

對方又在這個時間點上跟她通話。

在在顯示某種跡象。

——應該是為了那個吧。

泉在猶豫要不要接起這通電話，一直盯著畫面看。

就算在這種時候逃避，情況也不會改善。只是延後知道結論。

明知如此——泉還是沒接。

最後對方可能是放棄了吧，沒有繼續要求通訊。

「……什麼嘛。人家受不了了。」

剛睡醒的腦袋渾渾噩噩，泉拚命轉動腦筋。

自己該怎麼做才好？該說什麼？

要怎麼做才能避免即將發生的最糟情況成真。

還沒找到答案——電話已再度響起。

心臟跳動快到一點都不像剛起床。她不想接電話。可是這樣下去，她就快被那些不安擊垮。一方面也是想早點脫離這些不安情緒吧，最後泉選擇接起電話。

「……喂喂？」

她努力裝出跟平常一樣的語氣，不知道是不是自己多心了，總覺得電話那頭傳過來的聲音比平常更加陰鬱。

『……喔。』

「怎麼了？」

『有件事情。』

從電話那頭傳來的聲音很低沉。另一方面為了挽救氣氛，泉不由得刻意裝出正常語氣說話，這讓她覺得自己好丟臉。

中村說的話時而停頓，內容如下。

『現在……可以去找妳聊一下嗎？』

「……咦。」

不祥的預感成真了。

沒有說要做什麼，只說想要見面談談。

「為什麼？」

當泉問完，中村先是暫時陷入沉默，接著就略為加強語氣。

『沒什麼，妳應該知道是什麼事情吧。』

聽他這麼說，泉的心頓時徹底結凍。

對。她已經隱約察覺了。

「嗯……說得也是。」

『那妳能夠來我家附近嗎？』

對方肯定是要——跟自己分手。

泉覺得自己的聲音越來越無力。

同時她感到非常後悔。

為什麼在看到那張照片之後。跟水澤確認之後。為了無意義的自尊和較勁，自己選擇的手段是不去回對方LINE訊息。

假如那個時候她發現中村的心已開始不在自己身上，選擇用某些方式挽回。事情或許就不會變成這樣了。

「……不要。」

原本硬是壓抑住的顫抖一下子顯現出來，她的聲音對中村洩漏出情緒。

『咦？』

「我說我不要！」

接著泉大叫。

『……這是在幹麼，竟然說不要。』

中村這話說的不怎麼痛快。

「不要就是不要！你應該有聽懂吧！知道不要這個字代表什麼意思！」

『懂是懂……但這是怎樣？』

「我不去。」

緊接著泉斬釘截鐵地補上這一句，她豁出去了。

「我什麼都不想聽，絕對不會過去。今天要一直待在家裡。」

『妳在搞什麼啊。』

「我有名字叫泉優鈴。」

孩子氣地回嘴後，泉立刻後悔了。在這些對話的一來一往中，泉的心情變得越來越苦澀。

『……那我過去妳家那邊的車站。』

「咦。」

『到了再聯絡妳。』

「等等……」

『先這樣。』

「我叫你等等！」

沒能成功制止對方，他一下子就掛斷電話。

「……嗚嗚。」

這時手機傳出嗶嗶聲。

看了發現是從昨天開始就沒好好充電的手機電池只剩下百分之五電量，畫面上出現紅色警示圖案。

彷彿在暗示這猶如走鋼索的關係再來只能維持多少時間。

「哇——————！」

透過連枕頭都擋不住的巨大音量，泉手腳胡亂擺動，藉此抒發心中的鬱悶，同時她也只能等待中村聯絡自己，跟她說他到了。

＊＊＊

『我搭 10:24 會到的電車。』

在那之後泉收到這則訊息。

知道事情已經無可挽回了，泉靜靜地關閉 LINE。將智慧型手機接上充電器後，為了避免情況變得更加混亂，泉將插上充電線的手機塞進枕頭下。

在中村抵達時間到來之前，泉完全無法思考，只能在床上縮成一團。

最後就隨便說些話，跟他道別吧。還是死纏爛打，他就會原諒自己？說對方會原諒自己，是在原諒什麼？基本上他就只是對她感到厭煩吧？若是她說不想分手，他只會覺得這樣很沉重吧。

拿找不到答案的問題問自己，時間也跟著來到十點多。

「……差不多該準備了。」

泉沒有化妝，只裝上有瞳孔放大效果的彩色隱形眼鏡，一想到這種時候穿的衣服會被中村看見，她依然不免選擇對方會喜歡的穿著，為這樣的自己自顧自地苦笑。

距離中村抵達剩下幾分鐘，泉在十點二十分左右來到車站前，圍著圍巾遮住半張臉，等待中村抵達。

幾分鐘後。

那身影對泉來說彷彿許久未見，順著車站的階梯走下來。

「啊……」

只是看著那副身影就覺得眼淚快要奪眶而出。

像是有一陣子不能見面、乾等對方回傳LINE訊息、邀請對方出去玩卻被拒絕，這些時刻每每都令泉心中有種苦澀的感覺浮現。感覺腦袋中滿滿都是不安的情緒。

那些透著一絲苦澀的情感，在看見對方臉龐的瞬間，就像玩黑白棋在翻轉棋子顏色一樣——全都變成「喜歡」這種心情，占據腦海。

不要。不要。

我不想結束。

按捺住想要當場跑開逃離的心情。泉將遮住半邊臉龐的圍巾更往上拉，幾乎將整張臉都罩住了。因為帶著這樣的心情一直待在寒冷之中，她肯定會落淚。不想被對方看見這麼脆弱的自己。

因此在圍巾底下，泉一直咬住嘴脣忍著。

如今中村已經來到她眼前。

「嗨……好久不見。」

那樣子很不像中村，看起來不自在，連眼睛都不去看泉。

「……好久不見。」

即便如此，泉還是一直看著中村的臉。

她想要把還是「我的男朋友」的中村深深烙印在眼中——會這麼做或許是出於那樣的心情吧。

「這裡說話不方便，我們去那邊吧。」

這時中村指了指車站前面的公園長椅。

自從他們兩人開始交往後，就曾經並肩坐在這裡好幾次，數次閒談，或者聊重要的事情，是充滿回憶的地方。

「……我知道了。」

泉點點頭，跟上他的腳步。

兩人坐在彼此的旁邊。乾燥的風吹來塵埃，從乾枯的草木間吹過。

在一陣短暫的沉默後。

中村率先開口。

「對了……」

將手伸進口袋，他慢慢說著。

像是將刀拔出刀鞘，要斬斷兩人的關係。而泉就坐在那把刀可以觸及的地方。

「等等！」

此時泉大聲說話，打斷中村。

「不要！我不想分手！」

不顧一切的她硬是道出真心話。中村則是愣愣地看著這一幕。

是垂死掙扎也好。嫌她太沉重也沒關係。她就是不希望兩人關係到此結束。

「雖然我是笨蛋又總給你添麻煩，但我還是對修二……」

緊接著，眼淚潰堤，泉睜著淚眼大叫。

「──我還是喜歡修二！」

在那之後是一段沉默。

泉的眼睛再也離不開中村。不過，這是為什麼。

中村的表情看起來怪怪的。

就好像自己掏心掏肺說了這些，於他卻沒有太大關聯──

「不，我想說的是……」

中村接下來要說的話完全在泉意料之外。

「──生日快樂。」

這讓泉整個人呆住，同時陷入沉默。

「……咦？」

看到泉那個樣子，中村面露苦笑。

「不對吧……我是不曉得妳在誤會些什麼。」

伴隨著祝賀的話語，中村伸出手，手上放了有著可愛包裝的一小包東西。

「妳今天生日對吧。所以我想給妳生日禮物。」

最後中村看似困擾地補上這句，臉上帶著有點像在捉弄人的笑容。

這時泉回想起最近中村的言行舉止，還有見面之後的舉動，她恍然大悟——發出這聲叫喊。

「哇——————!?」

＊　＊　＊

「哈哈哈哈哈！」

中村笑到不行。

「哈什麼哈！我可是擔心得要命！」

「真是的。妳是笨蛋啊？」

泉對這句話完全沒辦法反駁，就只能面紅耳赤窮嚷嚷。

「告訴妳。最近之所以都沒跟妳一起出遊，就是因為在拜託孝弘和女性友人幫忙挑選禮物，只是那樣罷了。」

「那、那那張照片拍到的女用手機殼……」

「就是那個女性友人的。之前跟孝弘一起去參加其他學校文化祭的時候，我們跟這個女孩子變成好朋友，只是這樣。沒什麼曖昧關係啦。」

「嗚、嗚嗚……」

因為覺得自己太丟人，泉都不敢看中村的臉。

「那在電話裡頭說我應該心裡有譜是……」

「哈哈哈！是說今天是妳的生日，妳本人應該知道的意思。」

「說、說得也是……」

對方說的事情太過於理所當然，這才讓泉發現自己之前真是不夠冷靜。完全忘了這件事情。讓她連吭聲都不敢。

覺得整件事情實在太好笑了，中村用手指擦拭笑到飆出來的淚，用揶揄的目光看泉。

「啊——啊，妳真的很笨耶。」

「少囉唆！」

泉胡亂擦拭已經搞不清楚是為何而流的淚水，將感情全發洩出來。不去管自己是不是很丟臉、很無聊，用猛獸一般的視線瞪著中村。

中村則是用溫和的目光凝視這樣的泉，接著嘆了一口氣。

「聽我說……我對其他的女孩子一點興趣都沒有。妳用不著一天到晚瞎操心。」

「咦……」

「這樣懂了吧？」

那堅定的目光就定在泉額頭上。是中村平常會有的率直眼神，沒有半分虛假。

泉不禁心想。他平常都很單純又孩子氣，只有這種時候會顯露這樣的一面，真狡猾。

「……嗯，我明白了。」

接著她不由得乖乖點頭。那讓中村露出滿足的笑容，再次開口。

「話說都沒有收到其他的祝賀訊息嗎？」

「咦？」

這麼說來，從昨天開始就情緒低落，低落到都沒有好好替手機充電，在接到中村打來的電話後更是沒有餘裕，根本沒心思去看其他人傳的 LINE 訊息。

此時泉重新打開 LINE 畫面。

「……啊。」

紺野、川口、神前，還有日南跟七海深奈實等等，有好多朋友都傳來祝福。

「啊，糟了。」

一面說著，泉不由得熱淚盈眶。

「咦？」

「從絕望的谷底一口氣攀升，突然變得太開心，腦筋轉不過來。」

就好像黑白棋中的黑色翻轉成白色，又翻轉成彩色。

「哈哈哈，妳在說什麼啊，真笨。」

此時泉心想。

怎麼會有這麼糟又這麼棒的生日呢。

「就算是笨蛋也沒關係——！」

就這樣——泉優鈴這陣子的憂愁全都成了瞎操心。

「啊——討厭死了！啊——好幸福！」

在看似自暴自棄的言語背後，平常會有的笑容又回到泉臉上。

弱角友崎同學

The Low Tier Character "TOMOZAKI-kun"

7

那足以拋下過往的速度

我繼續保持這樣好嗎？未來的我又該何去何從？這種茫然的煩惱就是典型思春期症狀吧，我有時會覺得這些事不關己，但自己實際上好像無法置身事外呢？在發現這點之前，往往都會先經歷前述那些自問，這都是時下很常見的情況。我——七海深奈實就是會被這種常見的自我世界搞得團團轉的青春女高中生。

但是該怎麼辦呢？原本以為自己一度全力擺脫這些煩惱了，不知為何它又回來狠狠抓住我的背，連我的背號都一起扯住。等等這樣太犯規了吧，想是這樣想，我也只能任憑它吞噬，要說我能做些什麼，那就是只能用綁頭髮的橡皮筋去射它。上一次已經給葵、友崎、小玉和大家帶來麻煩了，我不希望舊事重演。

而我大概也知道原因是什麼。

導火線就是小玉和繪里香的衝突。

那樣做真的超強。我本來就很敬佩小玉如此堅強，但面對繪里香這個對手也不會示弱，那一樣令我吃驚。可是更讓人吃驚的是——小玉在最後一刻的變化。

小玉總是板著臉，直接把自己的想法呈現出來，她竟然會開那種雙關語玩笑。說「只要偶爾就行了！」讓班上同學的心都向著她，我看了必須很保守地說——那給我帶來超大的衝擊。是不是可以解釋成原本只會站在正中央全力投出直球的投手突然學會投漂亮的曲球？我完全不清楚棒球知識，所以不曉得是否貼切，但我想那樣形容應該沒錯。

若是有人問我跟她相比，我是否有所進步，我會說應該沒有，直到現在還是用半吊子的直球跟曲球當武器作戰。人類並非一定要持續成長，但那樣就好像追不上對方被拋下，讓我感到寂寞，所以才會心情鬱悶吧，以上是名偵探深實實的推理。

我只是比較聰明的普通人代表，抱持的這種煩惱種子也是一般人會有的，可是對於在過「我的人生」的我本人來說，那可是至關重要。

希望自己能夠強大到不用去在意這種事情，胡亂想著這些，我每天還是只能一如往常普普通通地上學去。如此樂觀的深實實今天也要向前邁進。

＊　＊　＊

這裡是放學後的教室。不久之前我退出社團，連同小玉在內，我跟班上的女生在一起，四個人聊天。在這裡的成員都是老面孔，有小玉跟柏崎櫻和瀨野由紀。葵還沒有退社，她繼續用特優生身分待在田徑社活動，說了句「再見」就去參加社團活動了。葵果然厲害。

這時我聽見小玉跟大家聊天的內容。

「感覺放學後教室就變空了呢～」

「不，那是因為我太小隻！」

「啊哈哈！原來是這樣！」

以經典搞笑梗為中心的對話開開心心進行。

「沒錯！話說我已經對這個段子膩了！」

「居然自己說這種話!?」

「因為我本人說最多，所以我是第一個膩的！」

「啊哈哈，聽起來好像是喔。」

如今是小玉成了中心人物，不久之前難以想像會有今天這番景象。在跟繪里香發生衝突前，小玉很不擅長跟大家一起打哈哈，若是我沒有偷偷幫襯，她很難融入班上人群。

可是現在就算不去幫襯，她也能跟人開朗聊天，大家對此逐漸習慣。

但小玉可不是只會順著大家的話講。就像剛才那樣，她會說已經對這個段子膩了，已經很懂得尖銳吐槽，這部分確實很像小玉的風格。連同這種有話直說的表現也包含在內，大家已經接受小玉所有的特質。

說真的，我覺得好厲害。

「啊，接下來要做什麼？要不要去唱卡拉ＯＫ？」

當小櫻提議完，小玉便立刻歪過頭。

「嗯——我不太想去。」

「啊哈哈！好直接！」

大概就像這樣，小玉的言行舉止還是跟平常一樣過分直率，但大家都把她當成本來就有這種有趣表現的女孩看待。

換作是以前，這種時候我就會進來吐槽一下，把那個轉變成笑點。

但現在就算不那麼做也沒問題。

小玉懂得「貫徹自我」，那是我沒有的特質，反之我擁有小玉沒有的「跟大家融洽相處」特性。所以當小玉跟大家在一起的時候，我認為自己必須去支援她，以前是這麼想的，但現在小玉總算自行獲得「跟大家融洽相處」的技能。

我不曉得她怎麼能在這麼短的時間學會這些。雖然知道「那個男人」應該有暗中幫忙，但我不認為能夠如此輕易就學會。小玉必定是非常努力。

小玉交到朋友了。

她有了容身之所。

大家也明白小玉的好。

我也為此感到非常開心，因為大家開始學會喜歡我原本就很喜歡的那個人。要讓這麼棒的事情成真，真的是非常難得。

「那去打保齡球呢？」

「嗯——保齡球的球太重了……啊！『偶爾』打打可以！」

「竟然又自己開這種玩笑⁉」

她們三個人哈哈大笑。我也及時趕上，配合她們笑。

「但想想打保齡球好像不錯！」

當小玉說完，大家也跟著考慮起來。

在這片空間中，已經不需要我的幫助了，氣氛和樂融融。

「小玉玉還是老樣子呢。」

但這是為什麼呢？一方面又覺得有點落寞。

看到不需要我幫忙也能跟大家一起歡笑的小玉，我彷彿有種孩子已經長大能夠自立的感覺。我已經不需要替小玉的發言做些搞笑吐槽了，哎唷唷，有時差點都要哭出來。

自己變成這樣是在搞什麼啊？自問自答後發現「不對，問題完全都出在自己身上啊。」得出該結論的這段流程已經在腦海中重複打轉大概六次了，我這個女人真夠麻煩的。

「話說妳們會不會覺得肚子餓啊？」

「啊，好像有點。」

小櫻跟由紀對著彼此點點頭。我剛才一直都沒說話，也差不多該加入對話了。

「那好──我們去家庭式餐廳吧！」

「這個好──！」

「沒問題──！」

在我跟著起鬨後，小櫻和由紀都樂於追隨。這幾個女孩果然識相。接著我直接看向小玉那邊。

「小玉妳呢？」

「……這個──」

先是想了一下，接著小玉馬上就露出開朗的微笑。

「我也要去！」

看那開朗的笑容與回應。完全沒有半點心虛的感覺，表情跟語氣都很率直。

這讓我不由得也跟著露出燦爛笑容。

因為這真的是最讓人感到開心的一件事。

小玉再也不會抗拒跟大家一起玩。

「好──！那我們就大家一起去吧！」

「耶──！」

嗯，看到小玉獨立多少感到有點落寞。

可是像這樣跟大家一起去某個地方玩，小玉也確實成了此行的一員。

不管怎麼想，那對我而言都是最讓人開心的。

＊　＊　＊

「歡迎光臨。總共四位嗎？」

「對──」

我們來到常常去的家庭式餐廳，它就位在放學路上。在店員的帶領下，我們在店內走著，四個人一起前往禁菸區。

——就在這個時候。突然有個聲音傳來。

「啊——！是妳們——！」

我轉過頭就看到竹井在那邊。他從座位上站起來，用力揮著手，發出聲音喊我們。還是一樣吵。真拿他沒辦法，就讓我深深實實來負責回應吧。

「唔喔——！竹井——！」

我大力揮動雙手，用不亞於竹井的吵鬧程度叫喚他的名字。跟竹井同桌的人正面帶苦笑觀望這一切，分別是中中、孝弘跟……友崎。

我在心裡「咦——」了一聲。最近友崎好像已經完全融入那個群體了。一開始還有點勉強，甚至有種菜菜的感覺，如今看起來已經徹底融入了。啊，但能夠看出這些是因為我曾經跟他們一起在外面住宿過。不曉得在小櫻跟由紀看來又是什麼樣子。

我跟竹井吵吵鬧鬧的模樣讓另外那三個男生皺起眉頭，分別對我們說「喔——」、「嗨——嗨」隨興打招呼。稍早之前友崎也有說「嗨嗨——」，跟我們輕鬆打招呼，而且做起來已經變得很自然了，這點令人有些火大。明明是軍師卻那樣打招呼！雖然我很想這樣吐槽，但是軍師的「嗨嗨——」實在太融入環境了，反倒是用微妙方式吐槽的我可能會冷掉，所以還是算了。嗯——有種輸掉的感覺。

「妳們可以來坐這邊的位子～」

竹井他們附近似乎都沒有空位了，在店員帶領下抵達的座位跟那群人有點距離。好吧就恭敬不如從命。

我們四個人坐到位子上。

「這是菜單。」

「謝謝。」

由紀拿起菜單，跟坐在隔壁的小玉一起看。

話說像這樣親眼目睹後，再次深有所感。

我悄悄觀察坐在眼前的小玉，還順便偷看坐的位子離我有點遠的友崎。

就像這樣，小玉也有所成長了，但不僅僅是如此。

友崎也日漸起了變化，甚至讓人懷疑自己是不是看錯人。

除此之外，我也心裡有數。雖然沒有表現出來，但他們兩人為了改變八成做了不少努力。如今就像這樣展現出成果。

這時另一個我——黑暗深實實開始從心靈縫隙間探頭。

——那我又做了什麼？

我感到心臟像被人刺了一下。

我知道別人是別人，我是我。但就是會想去跟他人做比較。

現在已經來到第二學期後半。相較於起了劇烈變化的這兩人，我又能在哪些方面有所成長？

今後還有機會改變嗎？

「深實實妳想好要點什麼了嗎？」

小櫻的聲音把我從自問自答中拉回現實。

「啊，嗯。我要這個。」

當我指出自己想點和風漢堡肉，小櫻就悄悄地顫抖了一下。

「喔——分量好大……」

「今天我爸媽會很晚回來！而且我正好是成長期！」

「怎麼這樣吃都吃不胖……」

小櫻賞我白眼。她這種時候的表情好像水豚好可愛。就跟我對漢堡的食欲一樣，好想吃掉她。但真的說了，她本人大概會回「又說垃圾話」，會害她生氣還是別說好了。

「咦——因為我不久之前還在跑步嗎？雖然現在已經退休了。」

「啊——原來是這樣喔。像我就沒辦法跑步呢。我不喜歡這麼累。」

在小櫻恍然大悟地說完後，她又重新回去盯著菜單。

除了我，其他人似乎都很猶豫不決，總覺得這下子好像只有我是個無腦大白痴一樣，我不服氣。算了，先去上上廁所好了。

「啊，我去一下廁所！你們大家都點好再幫我裝飲料，還有幫點和風漢堡肉配白飯的套餐！」

「好喔——」

眼睛還盯著菜單，小櫻快速給個回應，接著嘆了一口氣。

「……唉——有沒有不用花錢又不用努力就可以減肥的方法啊。」

斜眼看著在說這種天方夜譚的小櫻，我進到廁所裡。

＊　＊　＊

上完廁所後，我洗洗手。試著對鏡子擺出笑臉。嗯。映照出來的笑臉就跟平常一樣。看樣子剛才出現的黑暗深實實並沒有偷偷在表情上顯露出半點痕跡。確認完就放心了，我接著離開廁所。

……結果。

「啊。」

「啊。」

大概來廁所的時間點跟我差不多吧，我碰巧遇到友崎。喔喔，嚇我一跳。心臟都在亂跳了。

「妳、妳好。」

友崎結結巴巴說了這句話。剛才軍師明明還跟中村他們同步，像這樣不經意遭受突襲是不是就沒辦法穩住腳步？他頓時顯得有些狼狽，不久之前那個有點靠不住的友崎又透過表情展現在臉上了。看到這樣的友崎，我總覺得比較放心些。

我正在想該說些什麼才好，已經找回從容表情的友崎就開口了。

「小玉玉已經跟大家打成一片了呢。」

就像這樣，在我開口說話之前，他就會先說些什麼，最近友崎果然很囂張。這傢伙。

而且說話方式比過去那段時間更果斷沉穩，更加大方。

該怎麼說呢？感覺他好像又變得更帥一點，氣質都跟著改變了。

不對我在想什麼。

「就是啊——！小鳥已經從我手中飛走，再也不會回來……」

「呵呵……的確是。」

一邊說著，友崎露出沒任何挖苦意味，甚至可以說是爽朗的笑容。總覺得友崎在行事作風跟許多方面都有所改變，但是在我看來這部分的變化是最大的。表情已經跟之前完全不同了。這就是所謂心境變化會顯露在臉上吧。

「小玉玉，她在短時間內改變很大呢。」

這時友崎用一種旁觀者的角度說了這番話。不對，在短時間內出現劇烈變化的還有軍師你，雖然我這麼想，卻沒有刻意去提及。我知道友崎其實是個會去努力的人，現在去說那種話未免太不識相。

於是我就沒有特別去觸碰這一塊，決定來針對別的部分做個訪談。接招吧。

「不不軍師！現在不該去感嘆別人改變很大吧！」

「嗯？」

這個時候我稍微壓低聲線。

「……其實軍師也有去插手小玉的事情對吧？」

「啊——……」

友崎先是瞬間不知所措地目光游移，接著他很快放棄掙扎，點點頭。

「是沒錯……」

「果然——！而且還大力參考我告訴你的影片！」

對。在友崎問我之後，我跟他說了YouTube上的搞笑影片。就是那個「都怪我臉太大！」最近小玉都一定會表演「是我太小隻！」完全都是從那個影片抄來的。

之所以會讓大家覺得好笑，肯定是因為抄襲原本就很好笑的影片所致。只不過小玉她本人似乎已經膩了。

「我直接拿來照抄了。」

這時友崎半開玩笑地說道。

「果然是這樣啊～！但我早就看出來了～」

「哈哈，其實我說的時候早就發現事情已經穿幫。」

友崎直接把話講白，臉上帶著爽快的表情。是不是他對這成果感到滿意？看起來彷彿放下心中的大石般爽快。

不過，這也難怪。

畢竟情況那麼令人絕望，他還想到可以扭轉的作戰計畫。

而且跟小玉巧妙合作，將計畫執行。

然後上演漂亮的大翻盤。

怪不得他會打心底感到爽快。

友崎的強項或許就在這吧。能夠去執行自己的想法，創造出自己希望創造的情境，從中得到滿足。

「……真厲害。」

當我說完這句，友崎就「嗯嗯」幾聲並開心點頭。

「就是說啊，我沒想到她能做到這種地步。」

「我不是這個意思……不對，小玉當然很厲害，但是友崎也一樣。」

「……咦，我？」

「嗯。」

「但我就只是給出建議，告訴她怎麼做比較好……」

這樣謙虛的表現又是軍師另一個可恨之處。

「但我還是覺得很厲害呀？」

我在說話的時候不自覺別開目光，友崎也露出害羞的模樣，感覺這段時間變得好尷尬。

「這、這樣啊……謝謝。」

「嗯。」

咦？這什麼情形。等等我好像把場面搞得很尷尬。是我失敗了？不知該如何是好的我偷偷看他，結果我們互看，這下又出現奇怪的沉默。

「……怎麼了。」

「沒什麼，深實實妳才怎麼了。」

在我們互相跟對方說了莫名其妙的話後，我跟友崎看著對方笑了出來。嗯，這下子不再尷尬也不再沉默，但還是覺得很難為情啊。

呃——該怎麼辦。感覺好丟臉要轉移注意力才行，來問問之前就很在意的某件事情好了。

「不過話說回來，你是怎麼學會那招的？」

「那招是指？」

「嗯——就是能夠想出該怎麼解決問題之類的？」

「……啊——」

只見友崎點點頭，看來算是明白我說的。

「那也是透過最近這陣子的鍛鍊才得來的？」

最近友崎改變很大。因此他應該有做過相應的特訓或是意識革命之類的，來提升自己解決問題的能力，以上是我的推測。

「不……應該是原本就有這種能力吧。」

「咦，原本就有？」

他的答案令人意外。在一頭霧水的我回問之後，友崎補充說明。

「就那個。我說過自己有在玩 AttaFami，另外還有在玩各式各樣的遊戲對吧？」

「嗯。」

「總覺得做那些事情的感覺就好像在為遊戲破關一樣……」

「嗯──？」

友崎說的話我連一個字都聽不懂。解決小玉的問題就像在 AttaFami 中破關？

「什麼意思？」

「這──該怎麼說才好。就是立下一個目標，然後去想要怎麼達到……感覺原理是一樣的……」

「啊──……」

聽他這麼說我好像有點明白了。雖然只是一知半解。

我想起先前友崎跟我說明過的事。

「你曾經說……自己是第一名。」

「是、是沒錯。」

這明明就很厲害，友崎卻害羞地別開目光。我覺得你可以更加抬頭挺胸，對此引以為傲。

但這種時候的友崎彷彿又變得像當初跟我說話的他，雖然看起來一點都不帥氣，卻令人感到放心。

「曾經是……講是這樣講，其實現在也一樣。」

「啊，是、是這樣啊？」

我並不認為只有以前是第一名，但像這樣在我眼前說他如今仍是第一名，突然間有種很寫實的感覺。

全日本第一名。

嗯。友崎果然有點特別呢。

這個時候黑暗深實實又哈哈大笑地從內心某個角落竄出。

『妳不管在讀書還是運動上都沒辦法變成第一名，無法成為特別的存在！』

接著換成閃亮亮的光明深實實現身，出來勉勵我。

『但那也沒關係。小玉不是說過嗎？說妳在她心目中是世界第一的笨蛋。』

嗯，沒錯。

我被這句話拯救。

雖然這樣真的就像個笨蛋一樣。可是像這樣稍微玩點文字遊戲就能催眠我，讓我覺得自己對某個人來說也是有用的。

『在小玉心中是第一名？那又怎樣！這算哪門子特別！』

『那就要看我們是怎麼想的。只要覺得自己特別，那我們永遠都是特別的。』

黑暗深實實跟光明深實實展開一場殊死戰。

在小玉心中是世界第一的笨蛋啊。

我遠遠看著小玉在座位上跟大家聊天時的笑容。

如今沒有我的幫助也能融入大家，就算我現在過來上廁所，她依然笑臉迎人，看起來很開心。

我跟光明深實實、黑暗深實實一起眺望這一切。

而這次沒了光明和黑暗，單純是我本人心中閃過某個念頭。

——現在我還能當小玉心中排行第一的大笨蛋嗎？

「深實實？」

「嗯!?」

突然回過神後，我看見友崎一臉擔憂地看著我的臉。

「軍師你怎麼了？我們什麼都沒做喔！」

「沒、沒什麼，話說我們是誰呀……」

被友崎吐槽後，我將手放在胸口上，擺出像是祈禱的姿勢。

「在我心中有好幾個我……」

「什、什麼？」

友崎這次換用有聽沒有懂的表情看我，我自己也覺得說這種話莫名其妙，所以我很懂他的心情。

「好啦好啦！快點把手洗乾淨，該回到位子上囉！」

「不，我已經洗好手了。」

「別這麼婆婆媽媽！」

「這、這樣算婆婆媽媽啊……？」

情況就像這樣，我硬是找話來接，像要掩飾心中出現的那個負面自我，接著我跟友崎各自回到座位上。

嗯——最近的我好像有點怪怪的。

＊　＊　＊

後來我跟大家一起開開心心地聊了一陣子。友崎他們一直在玩電動，不然就是看影片等等，而我們不需要使用任何小道具，只要一直聊天就能有效消磨時間，讓人見識女孩子只要聊天就可以配好幾碗飯。等我們注意到的時候，時間已經來到七點。

這個時候面向我們座位的窗戶玻璃突然被人「叩叩」敲了幾聲。

「啊，是葵！」

此時小櫻拉高音量叫喊。看過去發現窗戶對面是結束田徑社練習，跟好幾個低年級生一起放學回家的葵。

跟放學後和我道別前相比，葵的頭髮變得有點凌亂，就連那個葵都不免留下這些痕跡，那表示實際上她付出比這個多好幾十倍的努力。

但總覺得這個時候，我心裡又浮現一種近似焦躁的情緒。

當我像這樣把時間浪費在跟人聊天，葵她正為了提升自我而努力。

這就是葵之所以會成為頂尖女孩的唯一理由吧，即便我想要模仿，還是只能模仿一半，因此我最終依然沒辦法成為特別的存在。咦，我本人又講出很像黑暗深實實才會說的話。

「啊，那我們是不是該走了？」

「也對！我們過去找她吧！」

這時小櫻和由紀笑著說道。

「就這麼辦！」

小玉也樂得贊成，大概是因為隔著窗戶聲音傳不過去，他們大家一起對葵比手劃腳，跟她說要過去找她。

這個時候那四個男生也在竹井的帶頭下過來，接著竹井對葵用力揮手。

「葵～！」

他發出疑似能夠穿透玻璃讓葵聽到的音量，只見葵彎起身體笑得很開心。那表情跟舉動看起來好天真無邪，我認為葵就是這點特別有魅力。緊接著葵就很逗趣地朝著竹井揮手。好可愛。

之後大家分別結帳，過去跟葵他們會合。店裡不是很忙的時候，就算面對這麼多人還是願意替我們分別結帳，這間家庭式餐廳真是學生的好夥伴。

＊＊＊

除了友崎他們四個男生和我們這四個女生，再加上葵，還有田徑社的學弟妹，一大票人總共十四個，要從家庭式餐廳走到車站，走在這段放學回家會經過的路上。可愛的田徑社學妹在跟孝弘和修二開心聊天，眼神好像比平常更加閃亮，看起來很可笑。大概是碰到自己很憧憬的學長吧。喂喂，他們其實也沒那麼了不起啊。

我跟小櫻、由紀一起捉弄用羨慕眼光看著他們的竹井，葵則是在跟友崎盡情聊天。

「少囉唆——這跟日南沒關係吧。」

「咦——友崎同學真過分——」

雖然友崎看起來有點畏畏縮縮，但該怎麼說，是不是真的是我多心了？感覺他們兩個關係很親近。畢竟對方是葵，友崎會有點緊張，或講話講到一些地方不自然結巴，但是比起跟其他人講話，他在說話上更不會生疏，有的時候還會覺得他們像老朋友。

是不是該說葵果然很擅長跟人混熟，所以友崎也對她敞開心胸了。我不爽地看著他們兩個，結果視線跟葵對上。啊。

「……葵辛苦了～！」

因此我裝嗨來掩飾，飛撲到葵身上。

強行跟葵分開的友崎頓時困惑地看著這邊，跟學妹們聊完天的孝弘碰巧在這時對友崎說話，結果這空間就只剩下我和葵兩人獨處。呵呵呵。葵，好好享受吧。

「別這樣，暫停暫停。汗水會沾到。」

葵邊說邊用雙手按住我的肩膀，以免被我抱住。

「唔，果然防禦得很徹底……但就是這樣才讓人有鬥志。」

我之所以用力撲過去是為了掩飾，但沒能抱到真的很可惜。這是因為葵就算剛結束社團活動，味道還是很好聞。

「啊哈哈，那還真是遺憾。就先欠著——」

我想葵在田徑社中應該是練習最賣力的一個，在田徑社裡面肯定也是最會打哈哈的，她臉上完全沒顯露半點疲勞，還來配合我的嬉鬧。那麼努力又可愛，心地善良又可愛，這女孩的前世是不是來自某個地方的神明？被她說先欠著反而更想加把勁。

「但妳真的是辛苦了！好厲害喔，大家都退社了，妳還是繼續參加。」

「啊哈哈，多謝。」

葵並沒有為自己的努力得意忘形，她展露率真的笑容。

「畢竟——我放眼的是全國高中綜合體育大賽。那是我的目標。」

「……這樣啊。」

那句話代表「想再次贏得參加體育大賽的入門票」，還是「想在體育大賽中拿第一名」？光靠字面上來看，兩種解釋都對，但我想用不著多作解釋，肯定是後者。

「……葵還真不是蓋的。」

「咦——？」

給人一種很謙虛的感覺，葵這句話回得有點困惑。

「目標——是嗎？那我的目標是什麼呢？」

「……嗯——深實實的目標？」

「嗯，這麼說來好像沒有。」

我隨意說出心中小小的煩惱。緊接著葵就用非常認真的表情思考起來，嘴裡「嗯——」了一聲，這害我感到很不好意思。她果然在這方面也很善解人意呢。

「我認為……不管目標是什麼都行。」

「什麼都行？」

這話聽起來令人有點好奇，讓我不禁想要聽後續。

「嗯。要定下什麼樣的目標並不重要，重要的是朝著那個目標奔跑，達成目標的時候會覺得『太好了』，我認為應該是這個。」

「啊——就類似一種成就感？」

「對對！」

只見葵點點頭。

「例如我現在的目標是體育大賽，但我並不是從小就特別喜歡田徑。妳看，我原本還是籃球社的。」

「說得對耶！」

「可是我不知不覺開始練田徑，一旦進入某個領域就想要好好努力，想要爬得更高，要自己多多加油，那讓我感到開心。所以我才會覺得目標是什麼並不重要。」

我頗有同感地聽著這些，被深深打動。因為我知道葵這一路是怎麼走過來的，感受更加深刻。

「……葵老師，這番話真是讓我超級認同。」

「哈哈哈，那就好。」

聽她這麼一說會覺得確實很有道理，我原本擅自認為自己不如葵，還萌生出嫉妒的心情，這些都被葵稍微消化掉一些。嗯，葵真的很厲害，讓人討厭不起來，超喜歡她，我根本贏不了她。

「老師，那我可不可以順便問一個問題？」

「好吧，妳說說看。」

盤著雙手從鼻孔呼出一口氣的葵看起來反倒很美，讓人想用手指去插那兩個噴出鼻息的洞口。喝。啊，不小心就做了。

「學生不乖，別這樣。」

但我的手被按住，果然還是在危急時刻被她閃避掉。葵的反射神經實在太強了。讓我沒辦法對她動手動腳甚至是動手指。

「那妳有什麼問題要問？」

臉上掛著拿我沒轍的笑容，葵重新問我一遍。

「啊，對了對了！就是——我已經做了許多努力，但結果還是不理想，這種時候該怎麼辦呢？」

「啊——……原來是想問這個啊。」

「不過——葵應該沒碰過這種事情吧～」

當我帶著燦爛的笑容說完，葵就用理所當然的語氣給出有點讓人意外的答案。

「咦，像這種結果並不理想的經驗可多了。」

「是這樣喔——!?」

那讓我大為震驚。因為她在許多領域全都拿第一名，至少我並沒有看過葵在哪方面失敗。

「嗯，有有有。只是不在你們眼皮子底下，發生好多次。」

「咦——超意外的。」

我是感到吃驚沒錯，但仔細想想會覺得那也難怪啦。即便是那麼厲害的葵也不例外，這世上不存在完全沒有失敗經驗的人。

「啊哈哈。所以說我是這麼想的啦，不可能事事都如自己的意，若是沒有先做好心理建設，告訴自己『不可能凡事都盡如人意』，那就會沒辦法繼續挑戰下去吧。」

「前提是要先告訴自己『不可能凡事盡如人意』是嗎……」

這意見聽起來非常有道理。那樣想感覺很實際，所以她才有辦法做到表面上看起來事事順利吧。

「嗯。舉個例子，若能夠先想好失敗的話該怎麼紓解壓力，那就會有心去努力。」

「想辦法紓解壓力呀……這確實很重要！」

我陸陸續續有了新發現，覺得葵根本是人生導師！

「但葵是透過什麼方式紓解壓力的？」

這話問完就讓葵呵呵笑。

「我個人的方式是不管三七二十一一直跑，不去管有沒有破紀錄，還有就是玩遊戲跟……吃起司吧？」

「哈哈哈，出現了。」

一邊笑著，我腦中浮現跟葵一樣的點子。

「……這麼說來，我有的時候也會透過跑步來紓解壓力。」

「有用吧？我懂我懂！」

只見葵用力點點頭，然後突然注視起我的臉龐。

「話說回來，歡送陪跑的日子就快要到了吧。」

「啊——！聽妳這麼說我才想到有這件事情。」

被她那麼一說，我才想起來。

歡送陪跑。基本上就是二年級生會在夏天的新人戰中引退，還留在社團中的低年級生會跟他們一起跑步，來歡送他們，是田徑社的傳統儀式。

此時葵用揶揄的語氣開口。

「最近深實實有在鍛鍊腳力嗎？可不能輸給低年級生喔？」

「說、說得對……」

雖然我才剛退休沒多久，但我目前已經是怠於練習的狀態，若是跟低年級生比賽跑步，搞不好會輸掉。可是去補練起來的話，我有自信絕對不會輸給他們。

不過這場儀式代表的意義是「社團裡有我們在，學長姊們可以放心引退」。高年級生輸掉比賽才是對的，但我是那種既然都要比賽就要贏得勝利的類型。

這時葵又笑了一下，嘴裡這麼說。

「我應該是負責去追你們，把你們送走的人之一，多多指教喔。」

「那樣根本沒人贏得了吧!?」

沒想到葵會加入敵軍。苦笑之餘，我想著「跟葵對話果然會形成一種良性刺激」。

＊　＊　＊

接著我回到我家。

我在 LINE 上面對小玉說『看這個！』然後就把網路上找到的狗照片傳給她，因為那個跟小玉長得很像，結果她無情回應『一點都不像』，害我好不甘心，同時在腦海中考慮許多事情。

像是關於自己的目標。

還有葵提到的「舒壓方式」。

除此之外我還想到一件事情。

那就是時隔許久，我想要試著跑跑看。

拿出收在衣櫃裡的跑步用防風外套跟尼龍褲，在隔了那麼久的一段時間後，我再度將它們穿上。嗯，這種唰唰唰的聲音和滑溜手感，很有接下來要跑步的感覺。

拿出收在鞋櫃裡的慢跑鞋後，我穿上這雙鞋子。比一般鞋子更合腳的感覺讓人好舒服，就好像鞋子跟腳合而為一，我很喜歡這種感覺。

我要到外頭去。坐公寓的電梯下樓後，穿過自動門來到外面，眼前是一片已經轉暗的北與野住宅區。

因為很久沒跑，我仔細放鬆筋骨，帶著莫名高昂的心情用力綁緊鞋帶。

住宅用地跟街道之間有一小段樓梯相連，我刻意用誇張的跳躍飛越這些階梯，注視著筆直延伸的道路遠方，踏出我的第一步。

趕過朝著相同方向行走的人們，逐漸加速。

心臟的跳動聲慢慢變得越來越快，肯定不只是因為跑步的關係。

住宅區已經變冷了，我穿著防風外套跑著。

相隔一定距離的電燈灑下光亮。冰涼的空氣穿過領口縫隙潛入身體，將流出來的汗水冷卻到令人舒適的程度。心臟強力鼓動，感覺身體由裡到外熱了起來。吐出來的氣息逐漸變白，我將那些拋在來時路上，一步步前進。思緒跟視野都變得清晰起來。腳步聲越來越大。踏出的每一步都像在飛翔般輕盈，彷彿再也不受重力束縛。

我用腳尖不斷踢著地面。從櫛比鱗次的住家窗簾間露出溫暖光芒，有種很寫實的生活感，我很喜歡。半浮在空中的霓虹燈看板等物令人看了情緒高昂，我也喜歡。不曉得是從哪一家的排氣風扇洩漏出來的，芬芳的烤魚香氣瞬間掠過鼻腔，帶著冬季香氣的冰涼空氣隨後冷卻我的鼻子和腦袋。大家在這個城鎮中的生活樣貌透過五感傳遞給我。

——話說回來，我這陣子都沒在跑步呢。

退出社團後，我再也不覺得跑步有任何意義，也沒有任何動機，我二話不說跟這兩年來關照我的夥伴「鞋底止滑釘」說再見，回去過不需要水壺、護腕跟能量果凍的生活。制汗噴霧也從強調清涼感的款式改為帶點女孩子香氣的，粉底也不再用不怕被汗水弄掉，可以輕鬆使用的便宜貨，改成不太防水但質感是我喜歡的粉餅，以前都只在假日出去玩的時候才用，是比較好一點的款式，現在我每天都用。

相對的，我再也不跑步了。

一直以來都有在持續進行的事物突然間消失，心情上意外地三兩下就適應了，過了一個禮拜，每天就算少了社團活動也不覺得奇怪。

可是像這樣試著重新跑看看後，我發現一件事情。

原本是為了跟上葵的腳步，我才會加入田徑社——但搞不好我其實是很喜歡跑步的。

在城鎮內轉過一圈後，剛好再次回到我住的公寓前。但我現在進入無敵狀態，映照在我眼中的點點光芒，和又冷又乾的空氣，還有身體彷彿被吸向前方的前進感，這些都讓人心情舒暢。讓我覺得不能在這種時候停下腳步。

好——再跑一圈吧？

於是我直接在公寓前方的地面用力一蹬，既然有這個機會，那這次就跑跟剛才完全不同的路線。那跑起來非常開心，我覺得可以這樣一路跑到韓國。韓國在外國之中是最接近日本的，硬撐一下應該能夠跑到？

＊　＊　＊

結果我現在迷路了。

感覺我整個人超白痴的，完全得意忘形了，嗯。我是大家公認、自己承認的路痴，這下我已經很清楚亂跑的下場就是這樣。要針對這點反省。

但時間並不算太晚，再說還是繞著離我家最近的車站，隨便走一走應該就能來到自己熟悉的道路上。也可以去找便利商店跟人問路。嗯——這附近有沒有熟悉的建築物呢？

我邊想邊讓自己降溫，隨興走著，很快就找到自己非常熟悉的建築物。

呃——這是那個吧。

嗯，肯定沒錯。

是友崎的家。

原來在這種地方啊。以前大家曾經結伴去過一次，我知道離他家最近的車站也是北與野，放學路上有一段路都跟我走同方向，因此我知道他住在附近，但我好歹是個路痴。並不記得確切地點。

我什麼都沒想，愣愣地眺望那個方向一會兒……不對，我這才驚覺「這是在做什麼」。因為一個人待在那邊傻傻眺望同班男同學的家，光看這種行為會覺得很詭異吧？

於是我想到之前過去玩的時候曾經順便去一家便利商店，應該是在這附近沒錯，我接著轉身四處探索這個區域。可不能變成一直盯著同學家的變態。印象中便利商店好像走一分鐘左右就會到，繞著友崎的家探查就能找到吧。

我將防風外套的拉鍊拉開一半，以便讓熱騰騰的身體冷卻到適當溫度，同時晃來晃去尋找顏色上疑似來自便利商店的光。全部拉開會太冷，像這樣拉一半比較適合還沒完全降溫的身體。

走了幾分鐘後，我看見在一個略寬車道的對面有間全家便利商店。很好很好，這樣就能夠順利返家。

為了去到大路的另一邊，我來到最近的斑馬線前方，在等紅綠燈換綠燈的時候，我呆呆地望著對面。接著看到一張熟悉的臉龐。

呃……那是？

嗯，我沒看錯。那個人就是友崎，是軍師。

心裡想著還真巧，但他的家就在附近，八成常常經過這裡。從他手上提著的袋子看來，剛剛應該去過全家便利商店。友崎並沒有過馬路到這邊，而是直接往對面那邊走，好——那我就乾脆大喊「軍師！」，然後誇張揮手吧——可是這時我發現事情不對勁。

咦？他旁邊好像有人？

這個時候我的心臟好像跳了一下。原本抬到肩膀那邊打算揮動的手悄悄放下，還莫名其妙藏身到紅綠燈的柱子後面。

這是因為在他身旁的人影顯然是個女孩子。

咦、咦，這是什麼情形。現在時間已經將近晚上九點了吧？都這麼晚了明顯不是放學回家繞個路，簡單講就是屬於他的私人時間。可是友崎身邊竟然有個女孩子？

這、這究竟是怎麼一回事？大獨家。最近軍師確實脫胎換骨，個性變得開朗，朋友也變多了，卻在這個時候搶先交到女朋友，是這樣嗎？未免太讓人震驚了！拜託他好歹先說一下吧！不對，他又沒這種義務！

話說回來，好像在哪裡見過那個女孩子。瞬間看到友崎身旁帶著女孩子還以為是葵或菊池同學，結果都不是。但這個女孩我有印象。應該是我們學校的學生。因為我的腦海中閃過她穿我們學校制服的樣子。而且當時身材嬌小的她看起來很可愛。

還有還有，假如不是我這個路痴認錯，往那個方向應該是要回友崎家。換句話說，接下來他們兩人要一起去友崎家，真的假的不會吧。手上還拿兩個很大的塑膠袋，裡面好像裝著好幾罐兩公升容量的寶特瓶。這是怎樣。要住下來過夜的意思？交女朋友的消息我根本沒聽說啊!?

一種胃好像跟著往上吊的下墜感來襲，我反射性打開智慧手機，按開跟友崎的LINE聊天畫面。上面就只有要出遊時會發來的簡短聯絡事項，還有一些閒談，但我有股衝動，想要在這個時候開門見山地問。

『你現在是不是在你家附近的便利商店那邊？（笑）』、『軍師！我都看到了！』、『好過分……你跟我只是玩玩吧……』我反覆輸入這些文字再刪掉。我這是在慌什麼啊。

但那八成是真的吧，會在這種時間去他家就表示已經是家族公認的女友了。雖然這真的令人很吃驚……咦？等等，家人？家人……

「……啊。」

我想起來了。

呃——這是虛驚一場。說虛驚確實很貼切。嗯。

那個是他妹妹吧。

搞什麼原來是這樣啊。好吧也對。那個友崎怎麼可能在這種時間帶女孩子出來走動，不可能。嗯嗯。

……真的不可能？

不，就因為我覺得有那種可能，才會嚇一跳。原來是這樣啊。我怎麼會為這種奇怪的事情在那自圓其說。畢竟友崎改變很大，若是在轉眼間發生改變，讓他身邊多了個人之類的，那也沒什麼好奇怪的。

事情就是這樣，我鬆了一口氣，心想是妹妹太好了，將打進對話框的『友崎選手！有個問題想請教！』這段話刪除後，我重新等待剛才想太多導致從綠燈變回紅燈的紅綠燈。

不對，我在那邊慶幸是在慶幸什麼？假如友崎真的交到女朋友，那也是一件好事，我沒有批評的權利。但總覺得自己一成不變，不久之前還很灰暗的友崎卻逐漸改變，讓我看了似乎感到焦躁、感到寂寞……嗯，應該是這樣吧。

啊——現在是怎樣！跑完以後心情舒暢，現在又變得鬱鬱寡歡了!?

＊　＊　＊

經過一波三折後，我總算來到便利商店問店員路怎麼走，也順利回到家中。我邊滑手機邊走在路上，這時想到剛剛用地圖 App 不就得了，可是我這個路痴有可能看著地圖前往反方向。嗯嗯，人間溫情真是好物。

接下來，要不要去洗個澡把汗水沖掉。我是一個精明能幹的女孩子，去跑步之前就已經「嗶」一聲按下準備放水的按鈕，先把水加熱了。

從玄關來到寢室的櫃子前，我拿出自己在穿的白色便服，然後直接走向脫衣間。在經過客廳的時候，媽媽把我叫住。

「小實，要去洗澡了？」

轉頭看見下班回來的媽媽正在客廳沙發上休息，身上散發成熟的香水香氣。媽媽在百貨公司的化妝品專櫃工作，在化妝跟髮型上都很成熟，很有時下潮流感，總是把硬挺的套裝穿得很好看。

她從以前就很忙，不太會來參加教學觀摩，但這個帥氣又令人自豪的媽媽會讓我想拿去跟同班同學炫耀。

「嗯。妳要先洗嗎？」

當我問完，媽媽依然面對另一邊，懶洋洋地揮揮左手。食指上面戴了一個戒指，上頭有一個尺寸偏大的黑色寶石，在光芒的反射下發出高雅光澤。

「不用，沒關係。我先休息一下再去洗。」

「好——的。可別又睡在沙發上。」

緊接著媽媽只有轉動脖子面向我，露出一個疲憊的笑容。

「……我盡力。」

「啊哈哈，這樣我要盯緊了。」

「哈哈。」

媽媽露出的笑容總是很有男子氣概，很適合每天都那麼努力的她，看起來很帥。我在心中會心一笑，帶著這樣的心情進入脫衣間。

將吸了汗的上衣和內衣褲放入洗衣籃，我前往浴室，發現踩在腳底下的腳踏墊好像有點髒。我把這個一起放進洗衣籃，鋪上另一張新的腳踏墊。用腳底感受恢復蓬鬆柔軟的踏墊，令人好滿足，拿掉綁住頭髮的髮圈後，因為今天是準備泡澡的，所以我把那個髮圈戴到手腕上，進入浴室。

用手指觸碰脫衣服之前先轉開的蓮蓬頭。嗯嗯，已經夠燙了。我嘴裡說著

「嘿——」，讓水從頭頂澆下。附著在身體上的疲憊感都被洗掉，我又變得乾乾淨淨。嗯，跑完步之後洗澡果然很舒服。

熱氣讓鏡子蒙上一層霧，我把蓮蓬頭的熱水噴到鏡子上，結果它一下子就變乾淨了，鏡子映照出我的全身，這模樣我已經很熟悉。

「……嗯——」

像在確認什麼，我轉向旁邊無意義地觀看，或朝著後方回頭觀望。

不久之前留下的日晒痕跡已經沒了，顯露出帶點肌肉的白色肌膚曲線。當我用右手摸摸左手腕，被推擠出來的水滴便滴滴答答地落在浴室地板上。

「看起來還算不錯啊……」

我嘴裡嘟噥著這句話。

不過，該怎麼說才好？

像這樣卸掉自然妝感，或是脫掉能夠讓身材比較好看的內衣，還有女高中生最大的武器「制服」後，我跟取下這些沒做任何打扮的真實自我對望，有時不免浮現某個想法。

那就是我大概不怎麼喜歡自己。

比起說這是有病還是自虐，感覺上更接近「是我下意識這麼想」。

參加社團活動很賣力，考試也考到不錯的成績，在大家面前裝得很開朗，或是讓現場氣氛變得歡樂。那樣別人就會誇獎我。我想自己應該是常常被人誇獎的類型。

可是心裡卻有個令人洩氣的前提駐足，怎樣都無法消失，那就是即便如此，我依然什麼都不是。

就好像用鐵絲做了一個空空的框架，用一些能夠得到他人讚許的裝飾包覆遮掩。大家會稱讚被我裝飾得璀璨耀眼的自己，但總覺得真正的自己並沒有被誇獎到。被誇獎的時候會暗自竊喜，明明是自己卻又不甚了解，因此不由得花更多精力去裝飾自己，我有時會突然覺得這樣的自己好膚淺。十幾年前我肯定是理所當然地喜歡自己，奇怪的是這種感覺似乎已經在某個時候用光了，升上高中二年級的自己再也沒有這種感覺。半是成了一種習慣，我依然繼續裝飾自我。

鏡子裡頭映照出一絲不掛的我。以我這個年紀來說那對胸部應該算大，我從下方雙手並用抓住胸部，接著想到「那又怎樣」，並且把手放開。我並非對自己的外表沒自信，應該說反而有很多自信。但這水嫩肌膚和凹凸有致的身體如果就代表自身價值，那在接下來的十年二十年間，我的價值將會逐漸減少，這令我為之屏息。該怎麼做才能充實這身空殼？我不知道。可想而知，以後每天就只能用華麗的虛假裝飾去掩蓋會一路腐朽所帶來的恐懼。

不用任何裝飾也能抬頭挺胸。該怎麼做才能成為如此堅強的人？

我腦子裡浮現小玉跟友崎的臉。

心臟用力縮緊，突然有股冷意穿過身體。

話說回來——

「呀!?」

不對。這不是比喻，而是真的有冷冷的東西從頭頂上澆下。蓮蓬頭出來的熱水突然變冷水，讓我整個人嚇了一跳，思考中斷。

啊——真是的，最近蓮蓬頭常常會這樣。所以我才在要用之前先確認。就好像被人潑了一盆冷水一樣，負面思考被迫中斷。水先生你真是的。是該罵你才好，還是該感謝你？

帶著對蓮蓬頭的複雜情緒，我隨便將臉、頭跟身體洗過一遍，嘴裡再次碎碎念，但還是乖乖泡進浴缸。

＊　＊　＊

洗完澡之後，我看到媽媽果不其然又在沙發上呼呼大睡。

真是的，這樣到底該算帥氣還是不帥氣呀？受不了。

「別睡了——起來起來。」

「……嗯嗯。」

剛睡醒精神渙散的媽媽揉揉眼睛。啊——啊——眼影擴散，眼睛周圍都變黑了。

像這樣一放鬆下來就會變得粗心大意，那是平常都很帥氣的媽媽會有的壞習慣。

「好了快起來，浴室已經沒人用了——」

「嗯嗯……知道了。」

接著媽媽睜著像貓熊一樣的眼睛盯著我看，然後不解地歪過頭。

「小實，發生什麼事了？」

「咦。怎麼問這個？」

「嗯——總覺得妳臉上表情很悲傷。是我多疑了嗎？」

這讓我感到驚訝。媽媽平常不會說這種話。可是我現在正好為許多事情煩惱，她也在這時注意到。我果然不是媽媽的對手。

「這……是有遇到一點事情啦。」

「嗯？」

當我說完，媽媽就一直看著我的臉。那目光看起來並沒有追問的意思，只是在守望著我。雖然我很想試著吐露內心脆弱的一面，但最後還是決定再靠自己的力量多努力看看。

「那個、雖然遇到了，但我還是想要再試著解決看看。」

「……這樣啊。」

接在這段對話後，媽媽迅速起身，從衣櫃裡頭拿出睡衣，然後拖著蹣跚的腳步前往脫衣間。

走到一半，媽媽停在半路上，「沙沙沙」地抓抓頭並回過頭來看這邊。

「不過，小實，妳要記住這一點。」

「嗯？」

「能夠對許多事情忍耐其實是很偉大的。」

看起來有點害羞，但媽媽一直望著我。

「……只要我忍耐就能讓現場順利運作，有的時候不是會遇到這種情況嗎？」

「呃……好像有。」

因為氣氛變得怪怪的，因此會稍加扭曲自我，來圓這個場。雖然這麼做很累，但那樣能夠讓事情進展得更順利，因此會自願去做這種吃力不討好的工作。

我好像常常遇到這種情況。

「嗯，我想也是……不過。」

媽媽說話的速度稍微放慢，像是要教會我艱澀的道理。

「那就表示——其實這並非真正的順利運作。」

由於我自己對這方面感觸良深，因此立刻就明白過來。

「以上是我這個銷售主任給的建議。」

緊接著媽媽就眨眨眼睛讓氣氛不要這麼嚴肅，她這樣看起來有點蠢，但我想我在這方面一定是像到媽媽了。嗯嗯。太好了，我跟她很像。

「媽媽真的好厲害。」

當我坦率說出感想，媽媽就露出得意的笑容。

「對吧對吧對吧對吧？」

「妳的反應也太積極了吧。」

雖然臉上帶著苦笑，可是我內心是高興的。

「但沒想到媽媽妳只要看臉就能知曉一切。」

當我說完這句話，媽媽突然間不敢看我。

「啊──那、那是因為。」

咦？感覺不太對勁。

「……妳是不是在隱瞞什麼？」

聽我這麼一說，媽媽換上另一個表情，臉上寫著「穿幫了！」這個大人還真好懂。

「……是什麼？」

「這個──……」

「嗯。」

「之所以會發現是因為浴室那邊罕見的傳來自言自語聲……」

「啊──是那些聲音洩漏出去了啊……」

「所以我才猜妳是不是發生什麼事了。話說假裝看臉就能看出端倪，有這樣的父母是不是比較帥呀？」

說這種話的媽媽就是讓人討厭不起來。

「害我剛剛白感動了……」

「妳這是在說什麼啊！像這樣虛張聲勢，在販賣東西的時候可是一大利器！」

「聽起來好像很嚴肅又好像很輕浮……」

不管怎麼說媽媽都幫助我平復心情，因此我不打算抱怨。

只見她「嘿嘿」笑，露出孩子氣的笑容。

「所以說——若是有煩惱的話，妳就什麼都別想，只要去做自己喜歡的事情就行了！那我去洗澡啦！好想睡。」

媽媽說完就迅速閃進浴室。幾分鐘後浴室傳來好大聲的哼歌聲。嗯，這樣看來真的很容易被外面聽見。

自己喜歡的事情啊。

若我有這樣的喜好，八成就是——

＊　＊　＊

之後。後來我只要從學校放學回來，每天都會跑步。

對現在的我來說，我喜歡的事情一定就是跑步。

聽從葵的建議，我也設立了目標。

在歡送陪跑的時候，我希望自己是最佳狀態。

我以前是專門跳高的，雖然會做最低限度的跑步練習，卻不太會針對速度訓練。就算現在開始也不晚，只要我專心練習短距離賽跑，搞不好能夠刷新之前的最佳紀錄。畢竟我雖然曾經專攻跳高，在社團內還是算腳程比較快的。只不過比不上葵就是了。

而且我還有一個小小的發現。

昨天一個人到大街上的時候。我覺得跑步真是太舒暢了，會不知不覺地投入。如今回想起來，總覺得當下真的跑很快。我猜應該是當時所有腦力都集中在跑步這件事情上，感覺變得更加敏銳，所以跑步姿勢變得很漂亮，甚至趨近完美，速度才會提升吧。應該就是所謂的出神狀態，諸如此類。雖然差距很微小，但若能夠隨時進入這種狀態，我想應該能在歡送陪跑中拿出最佳成績。

「……好——」

於是我今天也繼續踏實地奔跑著。

雖然我曾經因為嫉妒葵，一度有中斷社團活動的打算。

但即便如此，我還是很喜歡田徑、很喜歡跑步。

那我就要靠不斷奔跑來甩掉這些不快。要在歡送陪跑中用至今為止最快的速度奔跑，擺脫緊追在後的負面情緒，拉開差距。

然後跑向遠方。

＊　＊　＊

緊接著幾天過去。田徑社的歡送陪跑之日到來。

「衝啊衝啊——！」

「喔——西村的速度變快了呢——」

我們二年級生分成兩人一組，加上一樣被分成兩人一組的一年級生，四個人一起進行一百公尺賽跑。已經有好幾組的歡送陪跑比賽結束，二年級生一下子贏一下子輸。

「辛苦了！」

「啊哈哈，真是險勝。」

「果然厲害……」

就這樣，歡送陪跑比賽陸陸續續結束。二年級生跟一年級生每四人一組賽跑。跑到一百公尺盡頭的二年級生將他們身為社員的頭銜放在終點上，要回來這邊當他們的高中考生。只要跑到終點那邊，那他們就沒辦法回來這邊繼續當田徑社社員。

「接下來，是最後一組了——」

就在這個時候，我隱約有種感覺。

目前社員一共二十六人。

假如分成四人一組賽跑，最後還會多出兩個人。

此時負責決定哪兩個人要一起跑的老師和低年級生們又會希望如何安排？田徑社顧問安岡老師點名寫在最後欄位的那兩個人。

「日南～還有七海！」

「是！」

「哇──喔！接下來的對決不得了！」

嘴裡半開玩笑地說著，我打心底感到緊張。

要跟葵正面對決。

至今我們兩個的紀錄都會被拿來比較，在大賽的成績上也會計算雙方差異。常常像這樣間接對決。可是有時比到一半就會被分配到不同的專項，所以好久沒像這樣在同一個跑道上一對一決勝負。

這是最後的壓軸，一對一單挑。

「好──！妳可別輸給我──？」

我用開玩笑的語氣說這些話來鼓舞自己，對葵伸出拳頭。

「這對決正合我意。」

接著葵露出不服輸的笑容，用拳頭貼著我的拳頭。我知道葵平常人很好，可是像這樣跟人比賽絕對不會放水。

比起興奮，更大的是不安。但我認為這必定也是一個機會。

社員們都開始吹口哨鼓譟。這也難怪。葵是田徑社的第一大王牌，除了她，我是最棒的紀錄保持人，我們兩人要正面對決。我這個當事人說這種話有點自大，但要當作用來妝點田徑社生活的最後慶典，這樣的安排肯定最有看頭。

「深實實——！要為選舉一雪前恥！」

這句話毫無惡意，卻讓我的心揪了一下。我在許多方面都比不上葵。不管是讀書還是社團活動，就連跟某個有點在意的人有多麼親密這點，我都覺得自己有些不如她。

——所以我才會鬥志高昂。

我跟葵就跑道上的起跑位置。

「各就各位——」

因為我——

「預備！」

——討厭輸掉。

「起！」

我們全力衝刺，可以看出彼此都沒有放水。

一開始幾乎是平手，嚴格說起來是我快一點點。我對瞬間爆發力跟反射神經很有自信，可不能因為這個時候贏過對方就掉以輕心。畢竟對手可是葵。

感覺她緊緊跟在我後面。尖銳的腳步聲很有規律，就好像在找機會超越我。

一邊在意別人，我將注意力放在自己的奔跑上。

那種感覺。彷彿受到一股力量牽引，被拉著前進的那種境界。

目前尚未進入。

這讓我有點焦急。

這樣下去，一旦我的步調開始散亂，葵就會在那瞬間超越我。

假如我沒有找回那種感覺，緊跟在我背後的戰敗氣息就會將我囚禁，害我在某個時間點上失勢。

我去回想平常在大街上跑步的那個自己。

當時我感受到的並非不想輸。

而是覺得跑步很開心，再來就是想要刷新自己的最佳紀錄。

若我現在跑步能夠找回當時的心境——

我轉換思考模式。
現在的目標不應該是擺脫葵。
而是要好好享受這個瞬間，用我的最快速度奔跑。
別去聽葵踩出的腳步聲。
要專心注意自己的腳步聲。

我轉換心境。
感覺逐漸變得更加敏銳。
彷彿快要找回不停被牽引至前方的那種感覺。

當我在為葵的事情煩惱時，友崎曾經對我說過。
不去追求第一名只著眼於自己的成長，這樣難道不行嗎？
不去管自己不想輸給誰，而是改成不想輸給自己，這樣不好嗎？
印象中我那個時候好像有說這樣行不通，但原來如此。
如果是現在的我或許稍微能夠明白。
這麼想一定能讓我跑得更快！

還差十幾公尺就會抵達終點。我前方沒有任何人。
身體變得更輕盈。腳步聲好輕快。
彷彿能夠將風聲和加油聲全部切斷，我不停加速。
一步步前進。將煩惱拋諸腦後。不再迷惘。
在只剩我一人的世界中，我盡情享受跑步。

當我發現的時候，「我」的身體已經將掛在終點的帶子弄斷。

我贏過葵了。

當我離開跑道多跑好幾公尺後，我轉頭看向後方，只見葵將手撐在膝蓋上，看起來很懊惱，用驚訝的表情看著我。
等了一陣子後她依然不發一語，因此我決定先開口。
「呼……呼……嘿嘿，是我贏了……！」
緊接著氣喘吁吁的葵翹起嘴脣，然後用可愛的嫉妒語氣說了這句話。
「——再比一次！」

那句話讓我聽了不小心笑出來。葵則是懊惱地皺起眉頭，用倔強的目光看我。

咦，葵好像跟平常不太一樣，但這樣也很可愛呢？

「深實實妳實在跑太快了！我不甘心！所以要再比一次！」

說話語氣聽起來好像比平常更加坦率，然而我卻給出這樣的答案。

「不行——！我下次絕對會輸給妳，所以要見好就收——！」

「真、真狡猾。」

我說完就舉起雙手，告訴大家是我跑贏了，然後走向起跑點。面對這令人意外的結果，所有社員都大聲鼓譟，我一躍成為大紅人。

接著我向後方轉頭，覺得咬牙切齒又不甘心的葵看起來更加可愛了，因此就順從本能採取行動。

「呀!?」

這陣子被葵避開的抱抱攻擊用在破綻百出的她身上，一下子就奏效了，我全力品嘗葵柔軟的身體跟美好香氣。

「喂！妳這是在做什麼！」

「是跑贏的獎勵～」

「哼！只不過是這次賽跑輸給妳。把一年級的比賽成績算進去，還是我贏四次，只輸一次。真可惜。」

「那些都不重要啦——！」

我說那種話就像個笨蛋，但我實際上一定也是個笨蛋。

因為這點小事就能讓我的心不可思議地輕盈起來，替自己感到驕傲。

天空頓時放晴，變成藍天。

待在冬天寒冷的空氣中，照在身上的陽光好舒服。

被我放在終點上的肯定不只田徑社社員這個身分，還有先前一直盤踞在心中的煩惱和迷惘。

嗯，我果然很喜歡跑步。

一陣風吹過。我不經意看向跑道終點。

那裡有被我弄斷的終點帶，它皺巴巴地掉在那邊，在風的吹拂下啪達啪達地搖曳著。

8 她和餃子

地點來到北與野站。有人邀我一起去名字叫做「餃子滿州」的中華料理店。

就在這邊，我跟友崎一起結伴造訪。

「嗯——真讓人搞不懂……」

而我七海深奈實現在非常不滿。

因為那個友崎說要給我吃一口拉麵說得很順，看起來一點都不介意。

雖然我也沒有多在意，但總覺得友崎應該會很在意這種事情才對？這就是我不明白的地方。

友崎回說「什、什麼事？」同時在窺探我的臉色。哼。那我知道了，我要給你帶來一點困擾。這就是我的報仇方式。

「對了！友崎。」

想好之後，我用筷子夾起放在眼前盤子上的餃子，這些是我點的。

接著我看似自然地將那個東西放到友崎眼前。

「我的也讓你吃一口吧？」

「咦……」

跟剛才截然不同，這次友崎顯得不知所措，我還將用筷子夾起的餃子塞到友崎嘴巴那裡。他一下子看看餃子，一下子看看我，顯得很著急。

啊，糟糕這樣好像很好玩。

「咦——你怎麼啦？」

於是我就說這句話來捉弄友崎。這讓友崎更是眼冒金星，而我也變得更愉悅。很好——進展順利。

「嗯？」

我更加得寸進尺，將餃子塞到友崎嘴邊。對了？冷靜想想會覺得我做這種事有夠丟人，但我若是真的良心發現就輸了。於是我就一直盯著友崎的眼睛看，這樣反而讓人覺得更害羞。咦——怪了，我原本沒這個打算。怎麼辦。

但對方是友崎，所以沒關係。最近他很囂張，變得有點帥氣，但也不至於有勇氣吃這顆餃子——

原本是這麼想的。

不知為何友崎擺出一種有了深深覺悟的表情，一口吃下那顆餃子。咦，怎麼會？畢竟那個友崎剛才眼睛還瘋狂亂飄，嘴裡說著「這、這該不會是所謂的被女生餵食……？」之類的，原本還以為我贏定了。

在那之後友崎只盯著我瞧。我也被他的行動嚇到，定睛回望友崎。呃，這是什麼情形，我該怎麼辦才好？

幾秒鐘過去。

我突然變得超難為情，搶在友崎之前將目光轉開。

等等，這樣未免太奇怪了。

怎麼會變成這樣？話說塞餃子給他的人確實是我，但理所當然地吃掉未免太狡

猾了，這樣根本不像友崎的作風⁉

「感覺好像有古怪！」

所以我拿話反駁他，用擦手巾丟友崎。

「……咦，什麼事？在說什麼⁉」

「沒什麼！」

越說越火大，我決定狼吞虎嚥洩恨。就是把友崎當空氣，埋頭狂吃餃子，我吃我吃。接著我偷偷觀察友崎，結果發現他傻傻地看著我。哼，你活該。

——才剛想到這邊，不知為何友崎也跟著快速吃起拉麵。

呃，這是什麼情況？

怎麼了？

「……為什麼友崎你也跟著加速？」

「咦？……原因是因為——沒什麼。」

被我這麼一問，友崎顯得困惑，變回往常的他並說出這句話。

聽到這種沒有半分虛假的坦率發言，我莫名感到心安。

看到友崎這種不知所措的表情，自然而然就想笑。

有的時候會覺得他變帥氣了，覺得他做事俐落果斷，但有的時候又會突然恢復本性，做些莫名其妙的事情。

但這樣才像友崎吧。

「——友崎果然很奇怪。」

「……啊？」

我說的話再次令他困惑，但這樣也不錯。有時這個懦弱的英雄會變得不是很可靠，但這也是令人開心的地方！

弱角友崎同學

The Low Tier Character "TOMOZAKI-kun"

9 無酒精的沉醉

暑假即將結束，在某個天氣很好的早晨。

「那、孝弘，今天也拜託你了。」

水澤孝弘的哥哥裕二拍拍他的肩膀。

「好啦好啦。時間上還是老樣子？」

孝弘就只有朝裕二瞥了一眼，馬上又把目光拉回智慧手機上，同時回了這句話。

「對，從六點半開始。」

「了解──真是的，你們人手是有多缺啊。」

孝弘發起牢騷。

「因為今天由美子小姐要來~」

裕二有一頭造型率性的煙灰色頭髮，特別醒目，他邊抓著髮尖調整位置邊說。

被他的手指前端碰到，銀色的簡約耳環隨之搖晃。

「原來是為了這檔事……」

那讓孝弘嘆了一口氣。

「別這樣嘛，就當作是為了賺錢。」

「是沒關係……但我好歹還在讀高中。」

當孝弘挑起單邊眉毛說完這句話，裕二就露出一抹壞笑。

「你還真是不懂行情。這樣才好啊。」

「變態喔。」

一面說著，孝弘不禁笑了出來。

「那就拜託你了！啊，記得要好好幫頭髮做造型。」

「知道了啦。」

「那就好。那哥哥要去做白天的工作了——」

「是。路上小心。」

「謝啦～」

裕二用輕浮的語氣說出這句話的同時，他走向玄關，穿上自己很喜歡的紅色 Air Max 系列鞋，前往工作的美容院。

「……反正做起來很開心，我是無所謂。」

小聲嘟噥完這句話後，孝弘開始回覆堆積如山的 LINE 訊息。

＊　＊　＊

同一天在澀谷。

成田鶇——通稱小鶇，她正跟學校友人間宮葉子、藤井瞳三人一起結伴購物。

「啊～這個好可愛！」

「啊哈哈，感覺穿起來很適合葉子～」

抓起拿在葉子手裡的襯衫領口，鶇笑著說道。

她們把 109、Hikarie、Mark City 等地都逛過一遍，還去逛了 ZARA、Bershka、H&M 這些從國外進軍的快時尚服飾店。

一方面是從今年開始就要成為高中生的關係，她們會想要把自己打扮得成熟些，同樣是去快時尚商店，她們不會去選擇 Uniqlo 或 GU 這些國內品牌，反而更喜歡來自海外的服裝品牌。

「去約會還是會想穿這種的呢。」

「葉子，妳要認清現實。根本就沒交男朋友吧。」

「少囉唆！很快就會交到！」

面對瞳的辛辣挖苦，葉子立刻吐槽她。

「啊！這個也好看！」

當她們在閒聊中買完東西後，時間已經來到下午六點。

橘色的日光穿過大樓縫隙照到街道上，在這之中的她們手上各自提著今天買的戰利品。

「哎呀——買到了買到了。」

「真想快點穿那件大衣。」

「瞳真的很喜歡那件呢。」

葉子跟瞳邊走邊聊這些，鶇則是想要避開完全變成斜射的日光，自動自發跑進陰影下。

「好想稍微休息一下～」

被水泥和人群包圍的澀谷街道就算來到傍晚依然很炎熱，她原本就沒什麼體力，這下都快撐不下去了。

「啊哈哈，鶇可以站到這麼晚反倒是個奇蹟。」

葉子邊看著走路搖來晃去的鶇，邊笑著說道。她們離開中央街道來到 Scrambile 廣場的十字路口附近，眼前有一大堆人正在等紅綠燈。

「就是說啊～？趕快找個店進去吧～」

在打工地點卡拉ＯＫ「SEVENTH」以外的地方，人們都會用一般的方式稱呼成田鶇為「鶇」，而她搖搖晃晃地來到 TSUTAYA 下方。

「妳等等啊！」

瞳面帶苦笑，朝鶇的行進方向前進。

就在這個時候。

「……嗯。」

有一張熟悉的臉龐進入鶇的視線範圍。那個人影穿過 Scramble 的十字路口過來這邊，也就是朝著中央大街的方向前進。身材細瘦高大，是個帶著一身酷帥成熟氣質的男人。

「那是……」

他是跟自己在同一個地方打工的水澤孝弘。

可是鶇的體力已經不夠讓她特地去叫住對方，就只能設法用眼睛追著他跑。

「鶇，怎麼了？」

發現鶇情況不對勁的葉子朝她詢問。

「嗯——只是看到一個認識的人。」

「咦——哪一個？」

被人這麼一問，鶇懶懶地抬起有氣無力的手指著孝弘所在方向。他剛好過完馬路，從她們的不遠處經過，走向中央大街。

「妳看，就是那個。他穿著白色襯衫配黑色蝴蝶結領帶……咦，嗯？」

說到這邊才發現。

「……蝴蝶結領帶？」

他穿的衣服有點奇怪。

仔細看會發現怪的還不只服裝。平常瀏海都是走蓬鬆波浪造型，把瀏海放下來，今天卻露出額頭，把頭髮向上梳。頭髮的質感也比平常還要溼潤，醞釀出一股危險氣息。

「……嗯——？」

只見鶇歪了歪頭。

「啊——原來是那個人啊！看起來是個大帥哥呢！」

「什麼什麼，是哪方面的熟人？看起來很成熟耶！」

朋友們都跟著興奮起來，鶇則是困惑地回答。

「呃——是一起打工的學長。」

「是喔——！他很帥吧？」

聽葉子這麼說，鶇點點頭。

「嗯，長相確實是不錯。」

「果然！介紹給我們認識嘛！」

「咦——好麻煩。」

「就知道妳會這麼說！」

就這樣對話到一半，瞳突然錯愕地睜大眼睛。

「奇怪？鶇打工的地方不是在大宮嗎？」

「嗯？是在大宮啊——」

「可是剛才那個人穿成那樣好像上班制服？」

這句話讓鶇點點頭。

她也對這件事情很好奇。

「就是說啊，還搭配蝴蝶結領帶。」

穿白襯衫配黑色蝴蝶結領帶。下半身還套著黑色的細長修身褲。跟他平常會穿的服裝做比較，那明顯不是他的便服。而且鶇也沒看過他別蝴蝶結領帶來打工。

「什麼意思？」

「誰知道呢？」

可是鶇馬上就嫌去追究麻煩，早早放棄思考。

「他好像過去那邊了，是不是在那邊工作？」

隨便下了結論後，鶇從包包拿出裝了檸檬茶的寶特瓶，喝了一口。

「溫溫的……」

「這樣收場未免太隨便！」

在被葉子吐槽的同時，鶇跟朋友一起呆呆眺望那抹背影。

他手上提著看似來自便利商店的袋子。既然身上沒有帶包包，就表示他是出來買什麼東西，正要回去。

接著那個人直接進到立於中央大街的其中一棟建築。

「啊，進去了。」

瞳先出聲。

「怎麼辦？要追過去嗎？」

有人很有興趣地插嘴，是剛才被孝弘外表吸引的葉子。

「咦──……」

雖然鶇看起來似乎嫌此事麻煩到不行，但瞳也跟著附和葉子。

「感覺追過去好像真的滿有趣。」

「嗯──……」

這下鶇猶豫了。但與其說她不想把孝弘介紹給這兩人，倒不如說要走去離這裡幾十公尺遠的地方讓她覺得太麻煩。眼前不遠處的澀谷 TSUTAYA 就有星巴克，可以的話她比較想去那裡。

「走啦走啦！感覺很有趣耶！」

「葉子妳是有多想交男朋友啊！」

對興致盎然的葉子吐槽，瞳的雙眼中也隱約散發興奮光芒。

鶇心想。可以的話她不想走去那麼遠的地方，想要進入眼前這間星巴克。可是在這邊爭論要不要去恐怕更麻煩。

想了一會兒後，她心不甘情不願地點點頭。

「那我們快點過去吧～」

「這樣就對了！」

就這樣，鶇帶著這兩個好奇心旺盛的傢伙，朝著孝弘剛才進入的建築物走去。

＊　＊　＊

「……吶，他剛才是進入這裡對吧？」

這句話來自瞳。

「嗯，他從這邊走下去。」

葉子隨之回應。

從剛才她們待的位置走上幾十公尺後。一行人來到某棟大樓的正面。她們眼前出現一段通往地下的階梯，旁邊掛著寫有「Bar aqua」字樣的看板。

「……是酒吧？」

只見瞳怕怕地吐出這句話。

「也對——他穿的衣服確實很像要去酒吧……」

此時葉子恍然大悟地接話。

「咦，那樣有點恐怖？」

瞳邊說邊在另外那兩人之間來回張望。

「嗯，話說高中生可以進去這種地方嗎？」

就連葉子都不安地說出這種話，然而這個時候鶫卻跟她們唱反調。

「咦——都走到這邊了，當然要進去啦。回去好麻煩。」

「不對吧，走的距離連一百公尺都不到……」

葉子說這話的樣子看起來很傻眼，但鶫本來就是那副德行，葉子早就懶得跟她爭辯了。

「既然水澤學長都可以進去，那我們進去也沒關係吧。畢竟他也是高中生啊。」

「咦！是喔!?」

葉子很驚訝。

「是啊。不然妳以為他幾歲？」

「這──想說應該是大學生吧……」

「啊──……」

他平常的氣質原本就比較成熟，再加上今天穿的衣服又比平日更有大人味道。怪不得別人會這麼想。

「水澤學長只比我大一個年級。」

「是、是這樣啊……」

一邊看著階梯的另一頭，瞳如此說道。那段狹窄階梯的另一頭看起來很幽暗，偏冷色系的照明照在那樣式簡單的黑色門板上。

「來，我們走吧。」

在鶇迫不及待地說完後，她拍拍葉子的肩膀。

「知、知道了……那就進去看看吧。」

畢竟先說想過來看的也是自己，因此葉子已經痛下覺悟了。

「嗯、嗯……」

瞳也怯怯地點頭。然而葉子跟瞳都沒有挪動她們的腳半分。

「……唉。」

像是在為她們二人帶路，鶇獨自一人走下階梯。

「鶇、鶇妳等等我們～！」

「我們也要去——！」

就這樣，鶇她們三個人踏進「Bar aqua」。

＊　＊　＊

「歡迎光臨。」

當她們三個人推開有點沉重的門扉進入店裡，看起來大概三十歲出頭、將頭髮往後梳的男性酒保邊擦拭酒杯邊開口招呼。

店內有點暗，稀疏的藍色間接照明燈照亮各色酒瓶。略為調大音量的電子舞曲很有時下潮流感，不是偏向高雅時尚的那種，可以看出這裡不是像爵士酒吧那類安靜空間。這讓葉子和瞳更加緊張。

「你好～」

跟那兩人正好相反，鶇看起來一點都不緊張，躲在她身後進來的那兩人也跟著打招呼說「晚、晚上好～」。

只見酒保笑臉迎人地接話。

「第一次來這邊嗎？」

「啊，對沒錯～是說這裡好像有我們認識的人。」

「有熟人？」

當酒保說完，鶫就對著店內四處張望。

「他叫做水澤。」

緊接著對方就了然於心地點點頭，語氣跟著上揚。

「啊——是！原來是那傢伙的熟人啊。」

用輕佻的語氣說完後，這人直接對著後方轉頭。

「喂——！裕二——！你的朋友來囉～！」

這句話讓鶫聽完覺得怪怪的。

「……裕二？」

印象中水澤學長的名字好像是……正在想這件事情，後方就有一名男子走出。

當然這個男人鶫並不認識。

「來了來了——」

有人踩著輕快的步伐，帶著爽朗的笑容走過來，是水澤孝弘的哥哥裕二。身上穿著潮牌 Off-White 的大號蒙娜麗莎圖案黑色長T，下半身穿著雙膝都有大破洞的 mnml 藍色貼腿牛仔褲。脖子上戴著兩條長短不一的銀質項鍊。

「……喔——！」

他臉上先是瞬間閃過困惑的表情，接著就重新堆起笑臉，朝著鶫等人舉手。那目光在三人之間依序晃過，像是在搜尋些什麼。

「呃——妳們好啊！」

接著他又用像是熟人的裝熟語氣跟這三人打招呼。當然他根本不認識這三個人。看到對方裝出如此完美的笑容，鶇她們三個一頭霧水地互看。現場出現一股微妙的尷尬沉默。

「啊，應該不是這個水澤。」

這個時候鶇直截了當地昭告。下一秒，裕二看似安心地綻放笑容。

「啊！也是啦!?嚇死我了~妳們是誰我完全想不起來。」

「啊哈哈，對不起。他好像叫做孝弘吧。是那個才對。」

鶇配合裕二用輕浮的語氣回話，這讓裕二恍然大悟地拍了一下手。葉子跟瞳在距離一步之處眺望他們兩個。

「原來是我家的孝弘。真是的，竟然帶三個女孩子過來，嘴巴上發一堆牢騷，其實挺有兩下子的嘛。」

之後他又開開心心地點了好幾次頭，然後跟鶇說「妳等一下」，人就進到後方工作區域。

「好——」

用跟平常沒兩樣的懶洋洋語氣回應後，鶇轉頭看位在後方的那兩個人。

「就這樣囉。姓氏一樣，應該是兄弟吧？」

當她說完，另外那兩人就從靜止之中回神，小聲對鶇說了一大串話。

「吶——妳怎麼有辦法跟對方隨意對談啊!?」

「妳是第一次見到那個人吧!?」

面對看似焦急的兩人，鶇一臉困惑。

「沒呀……是初次見面沒錯。但有必要這麼緊張嗎？」

只見鶇答得理所當然。

「一般來說都會緊張吧！」

「就是說啊！總覺得這裡的氣氛看起來超潮！而且店員都很帥！」

另外這兩個人用只有鶇聽得到的音量說完，接著鶇就點點頭。

「嗯。剛才那兩個人確實都長得很帥。」

「嗯、嗯。」

「就、就是說啊。」

目前在對話上跟她們有點雞同鴨講的鶇除了讓那兩人感到困惑，她那老神在在的樣子也令她們覺得跟著鶇好放心。

碰巧就在這個時候。

「呃——咦，鶇兒!?」

這次從後方工作區域出來的是如假包換的水澤孝弘。正如鶇她們剛才看到的那樣，他穿著白襯衫配蝴蝶結領帶，看似溼潤的頭髮向上梳。見到鶇一行人，他顯得很驚訝。

「啊，水澤學長你好。」

鶇那再平常不過的反應令孝弘苦笑。

「現在不是跟我打招呼的時候吧。」他說著便用食指抓抓脖子。「是怎麼了？妳們怎麼會來這？」

當水澤問完，鶇就用不怎麼認真的語氣回應。

「剛好碰巧在路邊撞見，就一時興起跟過來了。」

「啊——原來是這樣……」

這讓孝弘嘆了一口氣。

跟隨孝弘腳步出來的裕二感興趣地聽著鶇等人的對話。

「搞什麼，原來不是孝弘帶過來的啊？」

那讓孝弘皺起眉頭接話。

「是啊。明明就沒叫她們過來，她們卻自己跑來。」

「這樣說未免太過分了吧——！」

「哈哈哈。」

「話說你在這邊做什麼啊！」

瞳和葉子依舊沉默不語地聽他們幾個聊天。

「我哥在這間店當副店長，我過來幫忙……」

這時孝弘的視線轉到那兩個人身上。

「她們是鶇的朋友？」

聽到對話重點突然落到自己身上，嚇一跳的葉子跟瞳立刻倒吸口氣。

「那、那個。是、是的！」

「原來是這樣啊。那就是鶫兒的同學了？」

「沒、沒錯！」

葉子說話的時候，音調不時顯得緊張。

「原來。那這樣好了，雖然不能請妳們喝酒，但妳們不需要太拘謹沒關係。坐吧檯可以嗎？」

「好、好的！」

跟樣子一如往常的鶫形成對比，那兩個人渾身僵硬，只能頻頻點頭。那三個人來到孝弘所指的吧檯位置上坐好。

「啊，這位就是我哥，那位是本店的店長。」

「是、是喔！」

「原來如此！」

在孝弘將兩名店員介紹完後，葉子跟瞳在回應時顯得有些不自然。

「哈哈哈，用不著這麼緊張，第一次到這種地方？」

「是、是的，第一次過來。」

只見瞳用僵硬的語氣回答。

「這樣啊。那要先喝些什麼？」

「這個、這個……」

看那兩個人不知該如何是好，孝弘突然靈光一閃。

「啊，既然都來了，要不要喝比較有酒吧風情的飲料？兩人都喜歡喝甜的嗎？」

「那、那個，我喜歡。」

葉子先回答。

「另一位呢？」

「我、我可以喝！」

被人問話，瞳回答時顯得很緊張。

「嗯，這樣聽來應該是不太喜歡吧。那就甜的跟清爽的雞尾酒各一杯。啊，當然裡面都沒酒精。這樣好嗎？」

孝弘讓對話流暢地進行下去，另外那兩個人要跟上似乎很吃力。

「好、好的！」

「謝、謝謝！」

一方面是受到現場氛圍的影響，葉子跟瞳完全進入隨波逐流的狀態。對她們兩人的回應回以一抹笑容，最後孝弘看向鶫這邊。

「那鶫要點什麼？綠茶？」

這話轉得太過自然，讓瞳跟葉子「噗」了一聲。

「為什麼是那個——！請給我世界上最可愛的飲料♡」

「好好好，包在我身上。」

有點受不了地回完後，孝弘熟練地製作飲料。他拿出三種玻璃酒杯，分別放入顏色濃厚的液體和碳酸水，還有切片的水果等等。

一邊看著他調酒的樣子，另外那兩個人對坐在中央的鶫小聲說話。

「吶！那個人是怎麼一回事！看起來一點都不像高中生！」

「我也這麼覺得！」

看這兩個人又在重複剛才疑似談過的話題，鶫「啊哈哈」地苦笑。

「他平常給人的感覺就很成熟了，今天變得更加成熟，好煩喔。」

當鶫毫無顧忌地說完，那兩個人目不轉睛地望著這樣的鶫。

「妳跟他好像很要好？」

葉子率先開口。

「咦——會嗎？」

「看起來就是那樣啊！對方明明大妳一歲！」

瞳也跟著開口，用小音量跟著瞎起鬨。

「怎麼啦在聊什麼？」

「呀啊!?」

這時突然有人悄悄插話，讓那兩個人大吃一驚，孝弘見狀滿意地呵呵笑。

「來，這是妳們點的飲料。」

帶著有點壞心眼的笑容，孝弘若無其事地將色彩繽紛的無酒精雞尾酒放在她們三人面前。

「謝、謝謝。」

心跳加速的那兩人一直看著雞尾酒，在想該說些什麼才好。

「那個、這杯叫什麼名字？」

聽到葉子這麼說，孝弘揚起嘴角，從右邊開始依序指著酒杯。

「從這邊開始依序是 Firestone、Waiting for love、Fast car。」

「是喔～」

聽到對方說出一大串英文，葉子跟瞳都帶著亮晶晶的眼神點頭。

「……都是 No、Non-Alco。這些好像都是我們這邊的原創雞尾酒喔。」

「啊哈哈，竟然說『好像』。」

瞳被逗笑了。

「因為我只是個學徒嘛……啊，話說回來。」此時孝弘突然想到有件事情要提。

「這些飲料的名字就像剛才說的那樣，可否順便請教妳們幾位的芳名？」

孝弘的目光在那兩個人之間交互游移。

「啊哈哈。我們的名字嗎？」

「對對。」

「不是很帥氣的英文名字，這樣也沒關係？」

瞳慢慢變得沒那麼緊張了，她還知道開玩笑。

「哈哈哈。可以呀沒問題，反正我也叫做孝弘而已。」

「我是藤井瞳——」

「那個——我叫做間宮葉子。」

「是瞳跟葉子啊。請多指教。」

鶇賞這樣的孝弘白眼。

「水澤學長劈頭就直呼人家的名字，好輕浮喔～」

「意見真多。鶇兒妳在這也可以直接叫我孝弘學長啊？」

「我才不叫～」

聽鶇用倦怠的語氣說出這種話，孝弘露出別有用意的表情。

「不過在這叫我水澤學長，聽起來怪怪的喔。」

「咦，為什麼？」

「不然妳叫叫看？大聲叫水澤學——長。」

「什麼？可以呀。水澤學長——！」

結果這一叫就把人在內場的哥哥裕二給叫出來了，帶著戲謔的姿勢蹦出來。

「客人您在叫我嗎！我也是水澤喔！」

反應那麼快明顯就是一直在等待時機，害他們四個人哈哈大笑。

「啊哈哈。哥哥跟弟弟好像，都一樣煩人。」

只見鶫愉快地對裕二吐槽。

「多謝誇獎♡」

孝弘這時對耍寶的裕二舉起拳頭。

「哥哥果然高招。」

「是不是。我好歹一直都有在偷聽你們的對話。」

「好嗯。」

接著他們兄弟倆拳頭對拳頭碰了一下，裕二再一次大動作跳回內場。

看著這對配合得天衣無縫的兄弟，瞳笑得很開心，拿在右手上的雞尾酒隨著她的身體晃動。

「這間店也太有趣了吧——！」

明明就不是在喝酒精飲料，她的表情卻有些沉醉。

「哈哈哈。還合妳的意嗎？」

「是——！我很喜歡——！」

接著她就將雞尾酒一口氣喝完，把酒杯「喀」地放在杯墊上。

「咦——感覺好像喝了酒一樣——」

笑咪咪地將雙肘撐在吧檯上，整個身體靠在上面，瞳一直看著孝弘。

「哈哈哈，瞳。這樣會把我們的店弄垮的。」

「也是啦～……那再來一杯！」

「好好好——」

在語帶遺憾的瞳點完飲料後，接下訂單的孝弘又開始動作俐落地製作飲料。

「啊，那葉子妳第二杯要喝什麼？鶇兒喝烘焙茶就行了吧？」

「剛才就說不要啦——！」

後來他們度過一段愉快的時光。

＊　＊　＊

「今天謝謝招待～！」

時間已經來到九點。對於住在埼玉的鶇等人來說，考量到回家的距離，這樣的時間已經算晚了，因此她們要就地解散。

「我們才要說謝謝。有空再來。」

「我會來的——！」

已經完全不緊張的葉子很有精神地回應。

「孝弘學長你都會在這邊嗎？」

被瞳這麼一問，「嗯——」了一聲的孝弘歪過頭。

「不，大部分的時間都不在～現在是暑假，所以我有的時候會來幫忙哥哥，但平常大多不在吧。」

「咦——！是喔！暑假不是快結束了嗎！」

孝弘點點頭。

「不過，這是我的名片。若妳事先跟我說要過來，我或許可以排班。」

「我知道了——！」

在那之後孝弘將印刷成黑底白字的簡約名片發給那三個人。

「啊，上面有 LINE 的 ID！」

接下名片的葉子發出開心呼喊。

「對對。不嫌棄的話可以加一下。」

孝弘說這話說得很順。

「好的——！」

瞳給出開朗的回應。

「那改天見。」

「了解～」

在鶇說了一句「好累」之後，三人分別跟對方道別，接著就離開店面。

確認店門已經關上後，孝弘一邊擦拭手上那個酒杯的水滴，邊發出一聲嘆息。

「……呼。」

「辛苦了。」

「啊，店長。多謝關心。」孝弘說完就看看四周。「奇怪？哥哥呢？」
「他去抽菸喘口氣。」
「原來是這樣。」
在孝弘回話後，店長臉上浮現別具深意的笑容，一直盯著孝弘的臉看。
「……怎麼了？」
「沒什麼——就覺得那三個女生水準都很高。」
「啊——是這樣沒錯。」
「你果然很適合當酒保。」
「哈哈哈。多謝誇獎。」
緊接著店長左邊的嘴角往上翹。
「還有，特別是跟在後面的那兩個人。她們兩個反應特別好，你打算怎麼辦？」
在他別有用意提問完後，孝弘也回了一個相同的笑容。
「啊——……應該會先跟她們玩玩看吧。」
當他帶著壞笑說完後，店長認同地點點頭。
「嗯，你果然很適合當酒保。」
「說這種話會激怒全國的酒保喔。」
「那就別做會讓他們罵的事情。」
「這倒是。」

那兩個人對彼此露出笑容，像是在分享什麼邪惡小計畫。

這個時候店長雖然嘴角依舊帶笑，眼裡的色彩卻有些認真，他開口道。

「不過——你不打算交女朋友嗎？」

「嗯——這就不一定了。」

將擦完的酒杯放回杯架上，孝弘一面回應。

「好吧。像這樣到處玩是無所謂，但我認為至少該談一次真心的戀愛，那樣會讓自己更有男人味喔。」

「哈哈哈，聽起來好像你的經驗談。」

「算是吧？……喂，別轉移話題。」

即便瞬間顯得有些難為情，店長還是立刻將話題拉回正軌。

「真是的，若你能找到一個真心喜歡的女人，那事情就會變得不一樣。」

看店長在那邊自言自語碎碎念，孝弘理所當然地開口。

「咦，我有啊？」

「啊？」

店長愣愣地張著嘴，孝弘對他重複一次。

「不是那樣，在講喜歡的女性對吧。我有。」

先是僵了一下子，接著店長就變得緊張起來。

「等等，這我還是第一次聽說。」

「哈哈哈，因為你之前都沒問啊。」

「噢——你是說真的？對方是怎樣的女孩？」

「怎樣的啊……」

「是不是年紀比你大的美女……該不會是由美子小姐？」

「啊——不是。」

這句話令孝弘苦笑。

「只是一般的同學。」

「……哦。」

那讓店長發出感嘆聲。

「竟然會有高中生能夠打動你的心，不曉得有多難搞。」

這話一出又讓孝弘開心地呵呵笑。

「這個嘛，那麼說也對。她比來我們這邊的那些大姊姊還要難搞很多。」

「哦，是這樣啊。」

緊接著店長露出滿意的笑容。

「那就好。」

他說完放心地嘆了一口氣。

「這是什麼意思。」

孝弘笑著說了這麼一句，店長則拍拍他的肩膀。

「嗯嗯，這樣才像孝弘。」

「此話怎講？」

「當你能夠追到那個女孩子，就一定能當上傳說中的酒保。」

「哈哈哈，但我當酒保只是暫時過來幫忙。」

「真冷淡。」

說著，他們兩個人又相視而笑。

接著孝弘心中浮現一個想法。

——要追到她是嗎？

目前他還無法徹底丈量那女孩子的心到底有多深。

手裡拿起一個細長的玻璃酒杯，孝弘用店裡的藍色照明燈去照酒杯的杯底，發出冰冷光芒的藍光既明亮又黑暗。

「總之，我會慢慢等的。」

透過玻璃杯的杯底看著另一側，他用輕快又沉穩的語氣說著。

「——去追人不符合我的性格。」

他嘴邊浮現看似愉悅的笑痕，像是對未知充滿期待。

10 在那之後的故事

「咦？」

「再見──！」

丟下啞口無言的友崎，當我注意到的時候，我已經跑走了。這中間完全沒有回頭，我在平常會經過的那個轉角右轉。照理說友崎應該已經看不見我了，但我依然在奔跑著。景色呼嘯而過的速度跟我跑掉的速度一樣快，但是腦袋瓜轉得更快更混亂，擾亂我的心。

怎麼辦怎麼辦怎麼辦。我說了。我說了！

明明不打算說的。就連我自己也不完全明白自己的心情。

卻還是情不自禁說出口。

說自己對他的喜歡是那種喜歡！

繞到我住的公寓後面，坐在階梯上後，我那焦躁不安的手指絞在一起。呼吸會這麼混亂肯定不單是因為用跑的緣故。氧氣不足讓眼前景象變花。嘴唇一直在微微顫抖。

「……友崎。」

我為發出這細小呢喃的自己感到可恥，臉開始變燙。

「哇──！……我受不了了。」

情感不停從心中滿溢出來，永遠是飽和的狀態。像是硬要將這些情感發洩掉，我大聲呼喊，但是在胸口攪動的熱度依然停滯在那，就是不消失。

「……唉。」

總覺得吐出的嘆息特別燙。彷彿是我心情的寫照，變成白色的煙霧，毫不客氣地砸在我臉上。

「嗚嗚……」

一不小心就把那句話說出來了。將情感透露出去。

看到友崎跟菊池同學感情要好，跟葵莫名親近。聽說他去參加女校的文化祭，在他的 Instagram 中出現好幾個女孩子。每每都讓我的心出現一絲苦澀。

可是我一直都對這樣的心情裝作沒看見，對自己說那不可能是真的。裝作跟平常一樣去對待友崎。

但事實上，我想我是明白的。

我再也找不到任何藉口了。

——對友崎就是這麼喜歡。

當我刻意去逃避的時候，那份情感逐漸壯大。我想一部分的我也在期待，若能夠正視這份心情，解放自己的心意傳達給友崎本人，那我肯定就能獲得解脫。

但這是怎麼了。怎麼會這樣。

就算像剛才那樣告知他本人，我的心情依然沒有平復。

不僅如此，還變得更難受。

說出來的話事到如今也不可能收回來，但不做些什麼就是覺得坐立難安，因此我打開友崎的 Instagram 滑到最下面，讓它重新載入好幾遍。友崎根本不可能把自己的心情寫在上面。我明明就知道這點。

因為突然間在意起來，我原本打算打開跟友崎的 LINE 對談畫面，回去看之前的對話，但又怕這個時候對方傳訊息過來，瞬間就會變成已讀狀態，所以我馬上打消這個念頭。話雖如此，照理說友崎至今為止都沒有更新過他的 LINE 動態，我卻重刷好幾遍，讓它更新好幾遍，還會對「柏崎櫻」的「崎」不由自主感到渾身一震，真的好白痴。最後還打開友崎的 LINE 主頁畫面，看到上面寫著「還沒有上傳新內容」這類的文字就發出嘆息，心想果然是這樣。

不對。就是因為我這樣到處亂看才會覺得心情更加焦躁不安。因此我心一橫關掉手機電源，可是一想到友崎這個時候若是傳來什麼訊息該怎麼辦，對此在意起來的我立刻重新將手機開機。然後看到沒有任何通知就自顧自地失落，一個人在那陷入垂頭喪氣的境地。

啊啊真是的。連我自己都不知道自己在幹麼，搞不好我已經不行了。

「……我真是個笨蛋。」

小玉常說我是世界第一大笨蛋，搞不好真的是那樣。當時那樣理直氣壯地告白，說完又直接逃之夭夭。

話說確實有這麼一回事呢。我剛才跟人告白了。

說我對友崎的喜歡——是對異性的那種喜歡。

這時腦海中突然浮現友崎的臉。

看似不可靠，遇到事情卻又願意正視現實，那雙眼是如此堅定。

囂張的是身高和肩膀寬度都比我更高、更寬。

為了改變自己而努力——但那有點不可靠的笑容還是跟最初的時候一樣。

這些記憶一一搖撼著我的心。

「……接下來會怎麼樣呢。」

我試著冷靜思考，腦海中卻老是閃過負面想法。明天開始會發生的所有事情都令人懼怕。一想起友崎的臉就覺得揪心。

想到對方可能不願意接受自己的心意，我就快要顫抖起來。但是比起這個，我最害怕的還是今後兩人之間變得尷尬，沒辦法再像之前那樣跟友崎相處。

與其變成那樣，他還不如當作什麼都沒發生過，像之前那樣對待我。雖然很想這樣自我說服，但到最後關係還是會變得跟以往不一樣吧。

看樣子非得等待他的答覆不可。那我之後還是盡量不要去找他說話比較好吧。說過頭可能會讓對方覺得自己很煩人，或是感到厭惡。還是說若我不多做些表態，他有可能跟其他的女孩子在一起？或者是——？啊——這是在幹麼！我搞不懂啦！

受不了了。真的好討厭。我自認是個會三思而後行的人，為什麼老是碰到不順心的事情，都是遇到一些令人痛苦的事？這樣未免太奇怪了吧。太折磨人了。

吶。人生好像有點太過艱難了!?

弱角友崎同學
The Low Tier Character
"TOMOZAKI-kun":

後記

好久不見。我是屋久悠樹。

自我出道以來已經進入第三年，早就習慣作家這個工作了，最近也不會覺得自我介紹那邊寫「我是輕小說作家屋久悠樹」令人感到難為情。現在變成被人叫到真名會覺得不自在，反而在這方面開始有種危機感。

跟前一集距離三個月，這次推出的是《弱角友崎同學》系列最初的短篇集。大家有沒有看得很開心啊？

在 Twitter 上公布這個消息的時候，有時會看到一些意見像是「為什麼在第六集那邊留個尾巴，之後卻出短篇集？」「是故意要吊胃口，讓讀者一顆心吊在那邊嗎？」「看到書開始賣得還不錯就馬上出短篇集，這就是出版社的壞習慣。」「屋久悠樹別再搜尋別人對你的評論啦，快點寫。」諸如此類，雖然我也覺得很有道理，但若是讓這些人看了會恍然大悟說「原來如此，是想寫這些故事才出短篇集啊。」那真是我的榮幸。還有這個月月初，本作品的角色深實實變成那個 Pasco 吐司「超熟」的廣告代言角色，在讀賣新聞上刊登滿版廣告，這件事情還真是不得了啊。雖然這一切完全都是命運的安排，我都沒有出任何力量，但沒關係，我還是打算裝作「那就是我的實力」，跟人大肆吹噓。到時還請各位多多指教。

其實這所謂諸多的「命運安排」都不只是靠我一個人的力量，用不著多說，當然是多虧本系列相關的工作人員。例如出版社和印刷廠的工作人員們。還有配送員、書店店員跟校對人員。還有在這一集彩圖左下方，日南葵那若隱若現的白襪。再加上各位的支持，才能催生出《弱角友崎同學》。

雖然因我過度看重出其不意大逆轉，後續發展往往會變得莫名其妙，但這只是一如既往的症狀又發作，大家可以放心繼續讀下去沒關係。

那麼接下來，從這個白襪子可以看出正在趨近完美的中學時代日南葵，透露一股「這個時期該有的稚氣」。

在聊這個部分之前，首先必須來徹底談談她的完美性。

例如剪得整整齊齊的指甲。不會太長也不會太短，那指尖恐怕也是精心安排過，為了呈現自己的手指有多美，帶著足以魅惑觀者的情感表現顯現在我們眼前。手掌像在邀約般伸向這邊，已經散發出超越中學生的性感魅力。

除此之外還能在水手服的縫隙間稍微看到她的腹部，淡淡的膚色從薄薄的衣料中透出。可以解釋成她有時會因為一些原因沒穿貼身內衣，但也有可能是穿類似無肩帶套筒式的短版內衣，刻意展露性感魅力，用來確立完美女主角的地位，是展現自己的方式之一，這樣解釋也說得通吧。

還有淡淡的腮紅、將長度調得比較短的裙襬長度，將頭髮弄得微卷，這也是一樣的道理吧。中學時代的她為了將自己弄得完美，不停在錯誤中嘗試，對當時的她來說，「能夠如何展現自己的外表」是最淺顯易懂的課題，同時這也是最能讓他人明確看到自身努力的部分。

她極度自信，才會帶出如此挑釁的表情。恐怕這個時候她也知道自己已經充分展現自我，知道自己是完美的吧。就連「看起來成熟」、「看起來不像中學生」這類的評價應該也信手拈來才是。

換句話說，在這個時間點上，她在各方面都已經變得「完美」起來，要得到完美女主角這個稱號也不費吹灰之力。

可是在這樣的完美中卻顯露些許破綻——就是白色襪子。那讓人感受到「這個時期該有的稚氣」。將這個彩頁上的日南葵更進一步帶往現實世界。

升上高中後，深藍色或黑色的襪子變成基本配備，這恐怕是受到校規和風潮束縛吧，照理說看起來「不像中學生」的日南葵選擇了「白色」。

這樣會讓周遭人覺得「這女生應該是中學生吧」，是她不希望顯露的破綻。是無可避免的標籤——也就是所謂「這個時期該有的稚氣」。

因為想要長大，所以持續增長，不知不覺間這就變成自認是該有的樣子。就連自己都沒注意到，無意識間逼自己增長。最後幾乎沒有任何人注意到她是刻意在裝成熟，甚至那也變成她應有的樣子了。而潛伏在她這身完美性中——就因為那些完美都是特意創造出來的，才會出現人為的破綻。這部分就用這雙白色襪子來代表。

換句話說——這些近乎虛張聲勢和逞強的「裝大人」還是透過「腳跟」露出馬腳。

而這些裝大人的象徵沒有顯現在封面上，是來到彩圖這邊才展露，這搞不好也是在對她的完美性做一種背後暗示吧。

那麼接下來要跟一些人致謝。

給負責插畫的 Fly 老師。感謝您總是畫出原本以為已經來到臨界值 9999，美麗程度卻延伸到 10005 的震撼插圖。感覺有機會增長到 999999。我是您的粉絲。

再來是責任編輯岩淺大大。上一集的時候已經發過誓，說「下一集絕對不會再犯」，結果雖然沒有像上一集那麼慘烈，但還是搞砸。屋久悠樹好厲害。

還有各位讀者。最近在按讚上都有機會出現爆擊，跟粉絲互動的機會也變多了。感謝你們一路以來的支持。以及什麼都沒說默默買書來看的讀者們，也對你們送上同等的感激。今後我也會努力提供讓各位看得開開心心的作品，希望大家能繼續支持。

希望下一集還能有幸與各位相伴。

屋久悠樹

浮文字

弱角友崎同學 Lv.6.5

（原名：弱キャラ友崎くん Lv.6.5）

著　　者／屋久悠樹
封面插畫／Fly
譯　　者／楊佳慧
發 行 人／黃鎮隆
副總經理／陳君平
副　　理／洪琇菁
國際版權／黃令歡
執行編輯／楊國治
美術編輯／陳聖義
企劃宣傳／邱小祐、劉宜蓉
內文排版／謝青秀

出　　版／城邦文化事業股份有限公司　尖端出版
台北市中山區民生東路二段一四一號十樓
電話：（〇二）二五〇〇—七六〇〇
傳真：（〇二）二五〇〇—二六八三
E-mail：7novels@mail2.spp.com.tw

發　　行／英屬蓋曼群島商家庭傳媒股份有限公司城邦分公司　尖端出版
台北市中山區民生東路二段一四一號十樓
電話：（〇二）二五〇〇—七六〇〇（代表號）
傳真：（〇二）二五〇〇—一九七九

中彰投以北經銷／楨彥有限公司（含宜花東）
電話：（〇二）八九一九—三三六九
傳真：（〇二）八九一四—五五二四

雲嘉經銷／智豐圖書有限公司　嘉義公司
電話：（〇五）二三三—三八五二
傳真：（〇五）二三三—三八六三
客服專線：〇八〇〇—〇二八—〇二八

南部經銷／智豐圖書有限公司　高雄公司
電話：（〇七）三七三—〇〇七九
傳真：（〇七）三七三—〇〇八七

一代匯集／香港九龍旺角塘尾道六十四號龍駒企業大廈十樓B&D室
電話：（八五二）二七八三—八一〇二
傳真：（八五二）二五八二—一五二九
E-mail：hkcite@biznetvigator.com

新馬經銷／城邦（馬新）出版集團Cite（M）Sdn. Bhd.
E-mail：cite@cite.com.my

法律顧問／王子文律師　元禾法律事務所
台北市羅斯福路三段三十七號十五樓

二〇二〇年三月一版一刷
二〇二一年四月一版三刷

■中文版■

郵購注意事項：
1.填妥劃撥單資料：帳號：50003021戶名：英屬蓋曼群島商家庭傳媒(股)公司城邦分公司。2.通信欄內註明訂購書名與冊數。3.劃撥金額低於500元，請加附掛號郵資50元。如劃撥日起 10～14日，仍未收到書時，請洽劃撥組。劃撥專線TEL：(03)312-4212 ・ FAX：(03)322-4621。E-mail：marketing@spp.com.tw

國家圖書館出版品預行編目(CIP)資料

弱角友崎同學. 6.5 / 屋久悠樹作 ; 楊佳慧譯. --
1版. -- 臺北市 : 尖端出版 : 家庭傳媒城邦分
公司發行, 2020.03
面 ;　公分
譯自 : 弱キャラ友崎くん Lv.6.5
ISBN 978-957-10-8836-5 (平裝)

861.57　　109001027